SOUS
LE PARAPLUIE
D'ADÉLAÏDE

ROMAIN PUÉRTOLAS

SOUS LE PARAPLUIE D'ADÉLAÏDE

roman

ALBIN MICHEL

À Geneviève Puértolas,
à Belén Sierra Gutiérrez,
à toutes les femmes fortes.

« Il n'y a rien de plus terrible que de se sentir seule, particulièrement au milieu de la foule. »

Marilyn Monroe,
Les hommes préfèrent les blondes

LE NÈGRE
S'il vous plaît, dites-lui que je n'ai rien fait.

LIZZIE
À qui ?

LE NÈGRE
Au juge. Dites-lui, madame. S'il vous plaît, dites-le-lui.

Jean-Paul Sartre,
La Putain respectueuse

LA GRANDE VILLE

PREMIÈRE PARTIE

LA FEMME AU PARAPLUIE

Wik... wik...

L'accompagnatrice emprunte toujours le même chemin. Tel un rituel immuable. En sortant de la maison, elle prend immédiatement à droite, dans l'allée du Gros-Caillou. Puis elle tourne à gauche dans la rue de la Poste. Elle esquive la rue du Passe-Debout souvent gelée en cette saison et sur les pavés de laquelle les roues du chariot peuvent patiner.

Wik... wik...

Basile Boniteau se laisse pousser sans rien dire, même s'il aurait préféré venir jusqu'ici avec sa voiture. Il a protesté avec véhémence, comme à chaque fois qu'on l'en empêche, mais la bonne femme n'a rien voulu savoir. Avec un culot monstre, elle lui a enlevé le volant des mains, l'a fait descendre de la Citroën rouge et l'a installé dans le chariot avec de grands gestes et de grands *Herr Basile, setzen Sie sich hierher !* (« Monsieur Basile, asseyez-vous donc ici ! ») qui faisaient peur à voir.

Adélaïde contourne maintenant la descente des Merles, verglacée, car elle préfère éviter un accident. À propos d'accident, la couverture à carreaux qui réchauffe les frêles jambes de Basile vient de glisser et de tomber à terre. Adélaïde s'arrête net, la ramasse avant que la neige ne l'ait entièrement imbibée, la remet en place. Lui ne s'en est même pas aperçu. Il est plongé dans son livre, littéralement absorbé par les planches en couleurs du mince traité de botanique. Une immense primevère, *Primula vulgaris*, recouvre toute la page.

Ils reprennent leur course folle.

Wik... wik...

Quelquefois, les roues passent sur une mauvaise bosse, Basile Boniteau gémit alors en fermant les paupières et en serrant les poings. Sa casquette en feutre saute sur son crâne chauve, manque de tomber à chaque cahot. Ah, s'il était venu dans sa voiture, ç'aurait tout de même été plus confortable !

Ils arrivent bientôt sur la place du centre-ville de M. et se fondent dans la foule. La grosse Allemande joue des coudes pour s'assurer une bonne place. Elle n'hésite pas à écraser de ses roues les pieds des gens, qui grimacent et s'offusquent sur son passage. *Wik... wik... Aïe !*

Basile en rigole. La masse est compacte, ce sont des centaines de personnes qui sont réunies là, et bientôt, ils ne peuvent plus avancer. Tant pis. Adélaïde renonce à continuer, ils ont une bonne vue d'où ils sont.

Tout le monde attend, anxieux, que le spectacle commence. Basile s'incline en avant, fait mine de vouloir descendre pour marcher un peu, se dégourdir les jambes, il a toujours du mal à rester en place dans ce maudit chariot, mais l'accompagnatrice le lui déconseille car c'est bien trop dangereux. Il pourrait glisser sur le verglas, tomber, on pourrait le piétiner, que sais-je encore. Au lieu de lui expliquer tout cela, elle se limite à poser sa grosse paluche sur son épaule pour l'en empêcher, assortissant son geste, quelque peu brutal, d'un *Herr Basile, bleiben Sie sitzen !* (« Monsieur Basile, restez assis ! ») car elle ne s'exprime qu'à l'impératif. Il ne comprend même pas. Mais ce ne sera pas nécessaire. Cela ne fait que trois mois qu'Adélaïde est entrée dans la maison, dans sa vie, par effraction, trois mois qu'elle s'occupe de lui, le promène, lui prépare à manger, lui gueule dessus sans qu'il ne comprenne un traître mot de ce que cette grosse bonne femme lui dit, mais cela lui est bien égal. Il a d'ailleurs appris à décoder les inflexions de sa voix, les expressions de ses yeux et de son visage, et cela lui suffit. La combinaison du froncement de ses épais sourcils blonds et d'un doigt pointé en l'air est une menace, un sourire et un ton doux (si tant est que l'on puisse parler d'un ton doux l'allemand du fin fond de la Bavière), un compliment. Parfois, Basile n'hésite pas à lui répondre dans son langage à lui, qu'elle ne comprend pas mieux. Elle ne parle pas français mais elle aime les sons mélodieux qui sortent de sa bouche lorsqu'il essaie de lui dire quelque chose. Leur histoire, c'est un peu la confrontation de deux mondes, une solitude à deux, une conversation de silences ou de mots qui ne veulent rien dire à l'autre.

Pour l'instant, Basile Boniteau n'insiste pas et demeure tranquille sur son chariot, la couverture posée sur ses genoux. Il tremble un peu car il a froid. S'il en avait, il claquerait des dents. Son attention a été capturée par cette foule qui se masse comme de l'eau, de l'huile pour être plus précis, plus dense, plus visqueuse, de l'huile donc qui se refermerait inévitablement sur eux, dont ils deviendraient partie intégrante, un magma dont ils seraient tous deux des cellules organiques vivantes. Les femmes en robes bleues, rouges, jaunes, les hommes en costume sombre, la cigarette au coin des lèvres, les enfants en manteau et souliers vernis, les jeunes en gilet, débraillés, l'air voyou et désinvolte, sautillant sur place ou soufflant dans leurs mains pour se réchauffer un peu, grattant sans cesse la sonnette de leur bicyclette au rythme de leur humeur.

L'ambiance est à la fête. On rit, on parle fort, étranger au drame qui est sur le point de se produire.

Ce n'est que lorsque la foule se dispersa vers midi que l'on retrouva le corps sans vie de Rose Rivières étalé face contre le pavé.

Comme son nom ne l'indiquait pas, Grégory Masson fut le médecin légiste que l'on dépêcha pour élucider cette sombre affaire. Il s'était déjà illustré, de manière redoutable, dans plusieurs homicides retentissants. Détective frustré, le Dr Masson mettait ses capacités de déduction au service de son art, à moins que ce ne fût le contraire. Selon lui, la mort par strangulation de la jeune fille s'était produite entre 11 h 30 et 12 h, c'est-à-dire lors de la période de plus grande affluence sur la place du centre-ville de M., en plein spectacle. Une photographie prise par le journal local à 11 h 31 (on distinguait en fond l'horloge de la mairie) précisait l'heure du crime car elle avait immortalisé le meurtrier, enfin ses mains, sur la pellicule au moment des faits. Il s'en était fallu de peu, concrètement d'une minute, pour que l'on mît en doute la parole de Grégory Masson. Il ne s'était jamais trompé dans son estimation de l'heure du décès. Ce ne serait pas pour cette fois non plus. Et cette précision d'une minute était un nouveau petit grain à sa réputation de monstre sacré de la médecine du crime qu'il se construisait cas après cas. Il s'en gaussa le soir même au bistrot du coin de sa rue. On l'affubla d'un sobriquet. Je vous le donne en mille : Dr Rolex.

Les gens, bientôt mis au courant par la publication de l'événement, ne se l'expliquaient pas. Tout le monde y allait de sa petite opinion mais il était manifeste qu'au final personne n'avait rien vu. Pas une seule sur les cinq cents présentes. Mais le premier criminologue venu, le premier assassin aussi, vous dira que tuer quelqu'un dans une rue déserte ou dans une rue surpeuplée revient exactement au même. Ce 25 décembre, les conditions optimales du meurtre étaient réunies : une foule et un spectacle de Noël. Pour le dire de manière claire, alors que deux grosses mains noires se posaient sur la gorge pâle et dénudée de Rose Rivières, tout le monde regardait ailleurs.

Tout le monde regarde donc ailleurs.

Imaginez-les, ces braves gens, de tous âges, de toutes conditions, les yeux rivés vers la scène, alors que deux mains puissantes et noires se referment sur la tendre et jolie gorge de Rose Rivières, comprimant ses artères carotides, fracturant l'os hyoïde au passage, entraînant l'asphyxie et aspirant hors d'elle, entre deux spasmes, jusqu'à son dernier souffle de vie. Oui, imaginez-les, ces mille yeux convergeant vers le même point, la haute scène que la mairie a érigée la veille, à force de financements et de publicité externe, au centre de la place.

Sur cette scène en bois aux couleurs anachroniques de la Caisse régionale du Crédit agricole, une crèche vivante rejoue l'Adoration de l'Enfant. On reconnaît Gilles Tranchant, à gauche, Carine, à droite, couple dans la vie réelle, tous deux libraires travaillant à leur compte, sous les traits et dans les modestes parures d'époque de Joseph et Marie. Ils embrassent d'un regard protecteur l'Enfant Jésus, joué par leur petit Édouard, six mois, emmitouflé dans un drap blanc sous lequel on a savamment disposé une couverture en laine pour qu'il ne prenne pas froid. Il faut dire que l'air est glacé et que ses parents, bien que chrétiens convaincus, n'ont pas voulu soumettre le garçonnet à la rigueur historique du pagne, pour ainsi épargner leurs nuits futures.

Derrière eux, sur un parterre de paille, rumine un bœuf. De temps en temps, il lève son cou massif et balade ses yeux ronds sur l'assistance, surpris d'être ainsi observé en plein repas. On remarque aussitôt que l'âne manque à ses côtés.

Mais assez parlé de ce qu'il se passe sur scène, car là ne se déroule pas le vrai spectacle, du moins celui qui nous intéresse aujourd'hui. Tournons-nous vers le public.

Adélaïde Kriesten, bien qu'allemande, est, comme tout le monde, subjuguée par la crèche. Peut-être plus encore que tous les autres car c'est là son premier Noël en France. Cette femme de quarante-quatre ans, née dans le quartier de Salitersheim, à Dingolfing, en bavarois Dinglfing, où, en plus de manger les voyelles, on construit depuis 1908, chez Andreas Glas, *Reparaturwerkstätte für landwirtschaftliche Maschinen mit Dampfbetrieb*, des moissonneuses-batteuses fiables, cette femme, donc, est, elle aussi, un pur produit de l'ingénierie allemande. Solide et fiable, en leur sens le plus littéral : « se dit d'un matériel ou d'un dispositif technique dont le fonctionnement sans incidents est assuré ». De cette doctrine, elle a fait un métier. Accompagnatrice de vie. Sérieuse, compétente, serviable mais ferme, vingt ans d'expérience, son curriculum vitae ferait pâlir un saint-bernard voire saint Bernard lui-même.

L'entreprise pour laquelle travaille Adélaïde, l'internationale Bauer & Hoffmann, fournit aux familles les plus fortunées d'Europe, moyennant finance, des assistantes de vie loyales et inusables au service de vieillards capricieux, d'enfants récalcitrants, de handicapés aigris contre le monde et la malchance. Fondée à Hambourg, la firme n'a, depuis sa création, jamais souffert de la moindre éclaboussure, la moindre affaire scabreuse (les hommes cherchant un tout autre type de compagnie sont invités à passer leur chemin). La réputation de l'entreprise est irréprochable, aussi immaculée que la peau blanchâtre d'Adélaïde, occupée à présent à regarder comment ces bergers français, jouant les Judéens, entrent l'un derrière l'autre en scène dans la crèche vivante de M., portant qui un agneau sur ses épaules, qui un présent, qui un long bâton sur lequel appuyer son corps éreinté par le voyage.

On bouscule l'Allemande. Tout absorbée qu'elle est par le spectacle de la Nativité, elle ne détourne pas les yeux, ne serait-ce qu'une seconde, pour voir cette jolie jeune femme se planter à côté d'elle, contre son épaule droite. Adélaïde ignore qu'il s'agit là de Rose Rivières, celle que l'on étranglera dans quelques instants. Mais patience, laissons-la encore profiter de ces précieuses secondes de vie…

Le rapport d'autopsie du Dr Masson était formel, Rose Rivières ne s'était pas suicidée. Ne rigolez pas, on avait déjà vu cela. Il était périodiquement recensé, c'est un fait établi, des gens ayant eu la bonne idée de s'ôter la vie en maquillant leur geste en meurtre (l'inverse étant bien plus fréquent, je vous l'accorde). Une manière comme une autre de se venger *post mortem*, en lui faisant porter le chapeau, d'Untel ou d'Unetelle qu'ils ne pouvaient voir en peinture de leur vivant. Ou de faire une dernière blague (pas de très bon goût). Pas de suicide donc. C'était assez simple à vérifier. La trace violacée des huit doigts sur le cou de la victime et des deux pouces sur sa nuque était physiquement impossible à produire soi-même. Essayez. De quelque manière que vous vous y employiez, vous ne pourrez jamais coller vos pouces joints sur votre nuque et en même temps refermer les autres doigts sur votre cou.

Cette posture, outre le fait de prouver que Rose Rivières ne s'était pas suicidée en assistant à un spectacle de Noël (si mauvaise ou ennuyeuse qu'eût été la représentation), indiquait que l'assassin se tenait dans son dos (dans le cas contraire, la trace des pouces aurait été retrouvée sur le cou et non sur la nuque), qu'il l'avait étranglée par-derrière, ce qui n'était pas commun. En résumé, on avait tué Rose Rivières par surprise. Comme dans ce jeu où les enfants s'abordaient par l'arrière en se posant les mains sur les yeux et en demandant « Qui c'est ? ». Sauf que là, les mains s'étaient posées sur la gorge. Et l'avaient serrée. Très fort. L'assassin n'avait pas demandé « Qui c'est ? ». La victime aurait d'ailleurs été dans l'impossibilité physique de répondre, d'émettre un seul son. Mais, de toute manière, connaissait-elle la réponse ? C'est ce que nous essaierons de tirer au clair.

Des tuméfactions laissées par les mains du meurtrier sur la jeune femme, le médecin put déduire, selon l'angle d'appui, la taille de l'assassin. Plus celui-ci est petit et plus les pouces sont positionnés bas sur la nuque et les autres doigts haut sous le menton, plus il est grand et plus les pouces se trouvent haut et les autres doigts bas. Conclusion, le meurtrier mesurait entre un mètre soixante-cinq et un mètre quatre-vingts. Il pouvait s'agir d'un homme ou d'une femme. Autant dire qu'il pouvait s'agir de presque tout le monde.

Happée par le spectacle, Adélaïde ne s'est pas aperçue que le mouvement de foule a légèrement dévié de l'axe dans lequel elle l'a laissé en arrivant le chariot dont elle tient les poignées. Basile Boniteau n'est plus face à la scène – le spectacle l'intéresse de toute façon moins que son livre de botanique ou l'observation des gens –, mais face, en contre-plongée cela va sans dire, à la jeune femme qui se presse contre l'Allemande. Il ne peut s'empêcher de les comparer, comme l'on compare le jour et la nuit, le soleil et la lune. L'une est belle, l'autre non, l'une est jeune, l'autre moins, l'une est svelte, l'autre ne l'a jamais été, l'une est brune de chevelure et de peau, l'autre blonde comme le blé et claire comme le lait. L'inconnue est le parfait négatif de la grosse Boche et cela l'amuse, le fascine en quelque sorte. Il ne mesure pas toute l'injustice dont les gènes sont coupables. Il ne mesure que la diversité de la vie et s'en extasie comme un enfant.

Il commence à pleuvoir, quelques gouttes seulement, mais Adélaïde, prévoyante, déploie en un éclair un parapluie noir au-dessus de la tête de Basile, soit à peu près sous son menton à elle. Qu'importe, elle ne craint pas la pluie. Elle l'aime, même, cela lui rappelle sa Bavière natale, Salitersheim, à Dingolfing, rappelez-vous. Et puis, ce ne sont que quelques fines gouttes. Elle en a vu d'autres. Dans la cohue, et sous le parapluie, la couverture à carreaux tombe à nouveau par terre, sur le goudron enneigé et boueux, accompagnée par le livre, dont les pages semblent se dissoudre au contact de l'eau ou comme une rose qui éclorait de manière accélérée, mais Basile Boniteau n'y fait plus attention, ne réclame ni l'un ni l'autre, de toute manière, il aurait bien du mal à les ramasser. Ses yeux ronds sont fixés sur autre chose, ne perdent pas une miette de l'effroyable spectacle qui se déroule devant lui, aux antipodes de celui que tout le monde regarde sur scène.

Ça y est, il est 11 h 31. Littéralement, l'heure du crime.

Le sourire de la jolie jeune femme s'est transformé en un rictus, elle a ouvert la bouche comme si elle s'apprêtait à crier de toutes ses forces, mais aucun son ne vient couvrir celui de la foule, car une foule, même si elle n'est pas en liesse, n'est jamais silencieuse.

C'est alors que Basile Boniteau les voit, ces deux grosses mains noires qui compriment le cou de la jeune femme comme un collier d'ébène, une araignée glabre dont les pattes chercheraient à pénétrer lentement la peau. Elle ferme les yeux, sa tête tombe en avant, comme sous le sort d'un hypnotiseur de cabaret qui lui aurait ordonné de s'endormir après avoir compté un, deux, trois, et l'espace d'une seconde, Basile peut apercevoir la personne qui se tient juste derrière. Alors il a cette réaction étonnante compte tenu des circonstances. Il sourit. Il pourrait lever un doigt accusateur vers l'assassin, crier peut-être, mais il sourit. Le tueur lui rend son sourire, tel un miroir, avant de tourner les talons et de fendre la multitude dans l'autre sens avec un calme et un sang-froid terribles, propres à ceux qui croient qu'ils ne risquent rien de la justice des hommes.

L'assassin avait raison.

Deux heures ont passé et Basile Boniteau n'a toujours rien dit. À personne. Même pas à Bruno, son meilleur ami, qu'il retrouve une fois rentré à la maison. Bruno, dont le visage, ainsi que l'ensemble de son corps, couverts de cicatrices, ne réussissent cependant pas à lui donner un air mauvais. Il faudrait que vous voyiez cela, il est borgne, porte un cache-œil à la manière d'un vieux pirate. En le voyant démoli de la sorte, on se demande bien ce qu'il lui est arrivé. On dirait qu'il a fait la guerre, plusieurs, même, qu'il a survécu à un bombardement qui lui aurait déchiqueté les membres un à un et que l'on aurait recousus après à la manière du Frankenstein de Mary Shelley. Les poils n'ont pas repoussé sur les cicatrices, preuves accablantes et indélébiles des atrocités passées. Et présentes, car si seul Basile semble étranger, immunisé même, à l'effroi qu'un tel spectacle peut susciter chez certains de leurs visiteurs, c'est parce qu'il en est un peu lui-même responsable.

Basile et Bruno, en plus de partager l'initiale de leur prénom, sont de la même année, 1920. Cela crée forcément des liens. Ils ne se sont jamais séparés depuis leur première rencontre. Bruno avait encore ses deux yeux, il n'avait pas l'allure d'un pirate, ni celle d'un estropié abîmé par la vie. Il était parfait. Beau. Toujours un sourire sur le visage. Les cicatrices, les marques, n'étaient venues que plus tard, dans des circonstances qu'il est encore prématuré de dévoiler ici. Ils s'étaient acceptés tout de suite, sans un mot. Basile avait immédiatement vu en lui un allié, un compagnon dans sa solitude. Il l'avait pris dans ses bras, non sans difficulté : Bruno était plus grand que lui. Cela avait scellé leur amitié.

Adélaïde a installé Bruno à table devant une assiette, un verre et des couverts auxquels il n'a pas touché. Bruno lui donne le double de travail et c'est en maugréant qu'elle accomplit la tâche. Elle lui a noué une serviette autour du cou. Elle trouve cela ridicule : comme toujours, Bruno ne mangera pas une bouchée du merveilleux plat qu'elle est en train de cuisiner. Elle laissera Basile s'occuper de cela. Il aime lui donner à manger. Ses gestes sont maladroits, lourds, mais c'est l'intention qui compte. Bruno ne s'en plaint pas, il se laissera faire sans cesser de scruter Basile d'un regard absent ou, au contraire, lourd de reproches. Il ressemble à un juge qui aurait sur son compagnon la plus défavorable des convictions.

L'Allemande est repartie dans la cuisine où elle s'affaire à couper des pommes de terre, des carottes et des navets afin de préparer un succulent pot-au-feu. Elle a trouvé la recette dans un manuel laissé bien en évidence à côté des fourneaux, ouvert à la bonne page.

Alertée par le silence qui règne dans la pièce voisine, elle passe la tête par l'encadrement de la porte et jette un coup d'œil dans le salon. Basile semble écouter la radio car aucun autre bruit ne parvient aux oreilles de la femme si ce n'est ce flot continu de paroles nasillardes. Il est assis sur le canapé, un journal aux pages déchirées dans les mains, mais son attention se concentre essentiellement sur le poste de radio posé contre le mur. Il le fixe comme s'il s'en échappait des images. Des images dont il lui serait impossible de détacher le regard.

Soudain, il fait un effort, se lève, balance le quotidien à côté de Bruno et, d'un pas maladroit, chancelant, s'approche de l'appareil, les mains en avant au cas où il viendrait à tomber. Son déambulateur est resté dans sa chambre. Il en a de toute façon horreur.

Ses pas, saccadés, témoignent d'un manque d'équilibre flagrant. Pendant ce temps, son ami ne le quitte pas des yeux, enfin, de *son* œil. Il le regarde sans rien dire. Il serait d'ailleurs bien incapable de se lever pour aller l'aider. Basile progresse lentement en râlant, et chaque râle lui donne un peu plus de courage dans la mission qu'il s'est confiée.

Une voix grave parle d'une manière monotone, bien

que ce qu'elle annonce soit loin de l'être. Il s'agit de quelque chose d'exceptionnel. Les meurtres sont rares à M., surtout de femmes, d'aussi jolies femmes. Ils ne se limitent souvent qu'à la pègre locale, des hommes de cinquante ans, pères et maris dévoués, se livrant, à l'instar des mafieux italiens, une guerre sans merci pour mettre la main sur les bas quartiers de la ville, et que l'on retrouve, en général, un couteau planté dans le ventre, dans le dos pour les plus détestés, ou bastonnés dans une ruelle sale et obscure.

Si elle parlait un tant soit peu français, Adélaïde comprendrait qu'il est question de cet horrible assassinat perpétré dans l'après-midi, à quelques centimètres d'elle. Elle hausse les épaules et repart dans la cuisine faire cuire son bœuf.

Jusque-là, c'est-à-dire depuis l'arrivée d'Adélaïde dans la maison, les jours se sont égrenés selon un rituel immuable. L'Allemande réveille Basile Boniteau vers neuf heures, s'il ne s'est pas éveillé avant, ce qui arrive souvent, elle prépare le petit déjeuner pour tout le monde, lui fait un brin de toilette, l'aide à s'habiller.

Basile est assez dépendant d'elle en réalité. Il met sa casquette en feutre sur la tête, ça il peut le faire, enroule tant bien que mal l'écharpe autour de son cou, en grognant quelquefois lorsqu'il se trouve trop maladroit, ou en versant quelques larmes d'impuissance lorsqu'il échoue dans l'entreprise, mais pour le reste, c'est compliqué.

Adélaïde le couvre bien, le place dans le chariot après qu'il a insisté pendant plusieurs minutes pour prendre sa voiture, elle lui pose une couverture et son éternel livre sur les genoux, et ils partent se promener.

En sortant de la maison, elle prend, nous l'avons déjà dit, immédiatement à droite, dans l'allée du Gros-

Caillou. Puis elle tourne à gauche dans la rue de la Poste. Elle esquive la rue du Passe-Debout gelée en décembre et sur les pavés de laquelle les roues du chariot qu'elle pousse peuvent patiner, ce qui pourrait entraîner une petite catastrophe. Ils se rendent à l'espace social Chambord, où Basile peut retrouver, comme chaque jour, quelques connaissances. Élodie Prély, Maud Nazarian, Frédéric Tocquaine, pour ne citer qu'eux. Ils ont l'air de se raconter des quantités de choses chaque fois qu'ils se voient. Adélaïde, elle, ne peut communiquer avec personne. Elle ne sait dire que « bonjour », « au revoir » et « merci » en français, le juste nécessaire pour un semblant de politesse.

Ils ne restent pas plus d'une heure car, au retour, il faut faire un crochet par le marché pour acheter des légumes, des fruits, de la viande et du poisson. Au fil de leurs emplettes, Adélaïde emmagasine les provisions dans un grand panier en osier accroché aux poignées du chariot. Basile, qui commence à avoir faim, regarde les étals avec de grands yeux friands. Il lui ordonne de s'arrêter (c'est du moins ce que l'accompagnatrice comprend de ses gestes), lui signale des tas de choses de son index, comme s'il se lançait dans de grandes explications savantes sur les fruits et légumes. Il fronce les sourcils, éclate de rire, change d'intonation comme un acteur mimant mille expressions. La femme s'est habituée à ce flot ininterrompu de sons, de syllabes sèches et saccadées qui ne veulent rien dire.

Ensuite, ils rentrent, elle fait la cuisine. Une fois le repas terminé, elle mange à son tour et lave la vaisselle. Basile, en général, s'est déjà assoupi. L'accompagnatrice a alors toute l'après-midi pour elle.

Basile Boniteau occupe son temps entre sa voiture et Bruno. Inséparables ces deux-là. Les livres aussi représentent une partie importante de sa vie. Il les dévore. C'est un dévoreur de livres, tout le monde le dit. Même Adélaïde, avec son accent allemand et ses *r* gutturaux qui font peur à entendre, a appris le mot pour l'occasion, l'un des seuls mots qu'elle connaisse en français. « Dévorrrreurrrr ». La maison dispose d'une immense bibliothèque à l'étage. Des romans. Beaucoup de romans. Des livres de médecine, sur la botanique aussi, avec des illustrations et des gravures élaborées, très réalistes. Ce sont ceux que Basile préfère.

Vers dix-sept heures, un petit tour par les allées du parc et il est temps de laver un brin de linge, faire un peu de ménage, préparer le dîner puis le lit. La maison s'endort vers vingt-trois heures. Toutes les lumières s'éteignent et le silence s'abat alors sur elle.

Ce 25 décembre, Adélaïde se réveille au beau milieu de la nuit car elle a entendu comme un lointain gémissement. Il n'y a pas de vent et ce ne peut être la grille du jardin, qui parfois s'ouvre et grince. Elle reste dans son lit, immobile, les oreilles grandes ouvertes, respirant à peine pour scruter le moindre bruit. Les gémissements, étouffés, continuent. Ils semblent venir de la chambre mitoyenne, celle de Basile.

Sans bruit, elle se lève et se rend dans le couloir sombre. En passant devant la chambre de « *Herr* Basile », elle entend, à travers la porte, la forte respiration et les plaintes étouffées d'une personne en détresse. Elle entre, l'aperçoit dans son lit, les yeux ouverts, car brillants dans le noir, l'impuissance dans le regard, sur le dos, le corps déplié à la manière d'une étoile de mer. Elle s'approche et allume la lampe de chevet. Il y a sur le pantalon blanc de Basile une grande tache jaunâtre. Elle devine qu'il s'est uriné dessus. Telle une mère aimante, elle lui chuchote dans sa langue des « Ça va aller, ça va aller, *Herr* Basile, ne pleurez pas ». Elle sait qu'il ne la comprend pas mais il saisit au moins l'apaisement que ses paroles désirent lui transmettre, car il se détend aussitôt. Puis elle lui change le bas pendant qu'il lui parle. Que peut-il bien être en train de me dire ? pense-t-elle. À la fin, il lui sourit. Ça, elle comprend que c'est comme un *Danke schön*, un « Merci beaucoup ». Et elle lui rend son sourire avant de lui souhaiter bonne nuit et de regagner sa chambre sur la pointe des pieds pour ne pas réveiller la maison qui dort encore.

Voilà donc le rituel immuable, le rythme qu'Adélaïde a imposé à la grande demeure. C'est pourquoi, le matin où elle s'en va précipitamment, valise en main, le lendemain de l'assassinat de Rose Rivières en somme, l'Allemande laisse tout le monde dans un désarroi et un état d'anxiété grandioses qu'il est bien difficile d'apaiser sur le coup. Qui prendra soin de Basile Boniteau ? De Bruno ? Et avec tant de dévotion ? Qui fera la cuisine ? Qui s'occupera de la maison ?

Ce que deviendra Adélaïde ? Personne ne le sait. Disons, pour en finir avec elle, qu'on ne la reverra plus jamais à M., personne n'a trop fait attention à elle de toute manière, on ne la regrettera pas, on lui trouvera vite une remplaçante, bien plus jeune, bien plus française.

En définitive, le passage de l'Allemande à M. a été aussi fugace et inaperçu que celui d'un fantôme.

DEUXIÈME PARTIE

MICHEL PANDANJILA

Je ne connaissais encore rien de toute cette affaire, des circonstances du drame, d'Adélaïde Kriesten ou de Basile Boniteau lorsque j'entrai de plain-pied, par le truchement d'une tout autre personne, Michel Pandanjila, dans cette fascinante histoire.

Si jamais je devais un jour écrire un livre au sujet de cette tragédie que fut l'affaire Rivières, sous un faux nom, pour préserver mon identité, une fois le droit de réserve prescrit bien entendu, écrire à propos d'une enquête est arrivé à des confrères avec plus ou moins de succès, il me faudrait, j'en suis bien consciente, commencer le récit de cette terrible aventure par la forte impression que me causa cet homme, Michel Pandanjila.

La première fois que je le vis, il était enveloppé par l'obscurité, blotti dans le coin d'une cellule, observé par plusieurs gardiens en uniforme au travers d'une petite fenêtre creusée à même la porte. C'était généralement le genre de circonstances qui n'offrait pas la meilleure des impressions, mais j'avais appris à passer outre les apparences et à considérer ces hommes et ces femmes que je voyais de l'autre côté des barreaux comme des hommes et des femmes que j'aurais pu croiser dans la rue ou dans les grands magasins. Après tout, c'est ce qu'ils étaient avant que l'on ne leur passe une paire de menottes, de simples citoyens comme vous et moi.

J'étais accompagnée de Claude, l'un de mes deux clercs d'avocat, qui tenait un appareil photo dans les mains. On nous laissa entrer et l'on referma aussitôt la porte derrière nous dans un bruit sourd que vint tempérer le cliquetis aigu de la clef dans la serrure.

– Monsieur Pandanjila ? demandai-je. Je suis l'avocate chargée de votre défense. Et voici Claude, mon assistant.

Enfin une figure amie dans cette mare à crocodiles, dut-il penser, car l'homme se leva du lit sur lequel il était assis et s'approcha de moi dans un seul et même mouvement, comme si sa vie eût dépendu de ce seul geste.

Alors que son corps était sorti de l'obscurité, son visage y était demeuré et ce ne fut qu'après quelques secondes que je me rendis compte que Michel Pandanjila était noir. Je veux dire, qu'il était de race noire.

Concrètement, Michel était le premier Nègre que je voyais de ma vie. Je vous parle d'un temps où l'on ne croisait pas encore beaucoup d'Africains à M. De son côté, je ne pense pas me tromper en disant que Michel partageait ma surprise, bien que ce fût pour une autre raison. J'étais une femme. Pour lui, cela était peut-être aussi extraordinaire que la couleur de sa peau pour moi. En réalité, je crois bien que l'on rencontrait, à cette époque, autant de Noirs dans les rues de M. que de femmes au barreau. Nous étions des oiseaux rares et c'est sans doute cela qui nous unit à première vue.

– Vous êtes l'avocat commis d'office ? demanda-t-il dans un français avec un fort accent africain, me laissant à penser qu'il n'était pas né, ou arrivé très jeune, en France.

– J'en ai bien peur, répondis-je. Et vous, vous êtes mon client commis d'office ?

– J'en ai bien peur, me dit-il, me renvoyant la plaisanterie.

Alors nous sourîmes. Je n'exagère pas quand je dis que ses dents blanches furent comme un soleil éblouissant dans cet endroit sordide.

Michel Pandanjila ne passait pas inaperçu dans les rues de la grande ville. Encore un point commun. J'étais une jolie jeune femme de vingt ans au passage de laquelle les hommes avaient l'habitude de se retourner, je dis cela sans prétention aucune. Il serait pourtant faux de dire que le regard que les gens posaient sur moi était le même que celui qu'ils posaient sur mon nouveau client. Lui, on le dévisageait parce qu'il était noir tout d'abord, et puis, parce qu'il était grand. Très grand. Mince comme un haricot. Avec de très grosses mains. De très grosses mains noires, donc. Quand je vous disais que nous y reviendrions.

Il travaillait à la poste de M. Pas au guichet, non, au tri, et lorsqu'il n'y avait pas beaucoup de courrier, ou qu'il avait pris un peu d'avance, il faisait le ménage. Il réparait, aussi. Il faisait un peu de tout. En gros, tout ce que les Blancs ne désiraient pas faire, c'est-à-dire se salir les mains. On préférait laisser cela à un Nègre. Il avait déjà les mains noires.

Je ne l'avais jamais vu faire, mais Michel se vantait d'être une vraie machine ! « Je fais défiler les enveloppes devant moi à une vitesse incroyable. Pour M., hop, à gauche ; pour P. ou la région, hop, à droite ; pour Paris ou l'étranger, hop, devant moi. Comme si j'avais trois bras, vous savez, comme ces divinités indiennes, mais avec une lettre dans chaque main. »

Michel souriait tout le temps, on l'aimait bien pour cette raison. Il avait tout compris. Quitte à être noir, mieux vaut sourire. Il n'y a rien de plus agaçant qu'un Nègre qui fait la gueule. On aurait tôt fait de croire qu'il prépare un mauvais coup. Mais un Nègre qui sourit tout le temps, vous donne du « Bonjour monsieur Fortin, bonjour madame Motton », eh bien, cela passe mieux. Michel était intelligent. Plus que beaucoup de Blancs que je connaissais.

Avant d'être nègre, Michel me raconta qu'il était camerounais, de Yaoundé, plus précisément. « Car au Cameroun, voyez-vous, les Nègres n'existent pas, c'est une invention des Blancs. » Dans son pays, Michel était noir comme tout le monde, alors il passait inaperçu, même s'il était grand comme un haricot. Ce n'est qu'en arrivant en France, à M., qu'il devint noir. La métamorphose fut presque immédiate. Il la sentit passer. Cela lui fit un peu l'effet de « se prendre une porte en pleine figure », c'est lui qui usa de cette expression et je la notai, certaine de pouvoir l'utiliser plus tard dans une de mes plaidoiries. Et Michel savait de quoi il parlait puisque, au bureau de poste de M., c'était lui qui les nettoyait et les réparait, les portes, quand il avait passé la matinée à trier le courrier, « et elles sont massives, croyez-moi, de vraies portes d'église ! ».

La dernière porte qu'il s'était pris en pleine figure, ç'avait été ce jour-là, le 27 décembre, vers treize heures, lorsque dix hommes étaient entrés dans la poste, arme au poing. S'ils n'avaient pas porté d'uniforme, on les aurait pris pour des voleurs tant leurs manières étaient désordonnées et vulgaires. Ils avaient demandé où se trouvait le Nègre. Ils n'avaient pas eu à le chercher, celui-ci s'était rendu tout seul, en homme fier et (encore) libre, après avoir essoré méthodiquement la serpillière et reposé le balai contre le mur. « Le sens du devoir avant tout, madame, le sens du devoir avant tout. »

Je prenais des notes. Michel Pandanjila fixait Claude. Il devait être étonné que ce ne soit pas lui qui les prenne à ma place.

– L'appareil photo, c'est pour quoi faire ? demanda-t-il en le désignant d'un coup de menton.

– C'est une surprise, répondis-je. Mais si ça marche, demain vous serez dehors.

Je ne sais toujours pas aujourd'hui, en écrivant ces lignes, ce qu'il me prit de vouloir assurer ce jour-là la défense de Michel Pandanjila. Ma jeunesse ? Mon impétuosité ? Mon esprit rebelle, insouciant ? Mon dégoût envers l'injustice ? Mon horoscope ? La fatalité ? Ou n'était-ce que parce que j'étais obligée ? J'avais été commise d'office, j'étais novice, et j'étais de garde ce jour-là.

Pour que vous compreniez un peu, je possédais mon propre cabinet, tout un exploit à vingt ans. Brillante élève, j'avais sauté une année et obtenu ma licence de droit avec les honneurs. Mon histoire avait fait la une des journaux et une riche dirigeante féministe m'avait fourni un appartement assez grand pour y monter un cabinet, ainsi qu'une voiture, un téléphone et deux clercs d'avocat comme l'on dit dans notre jargon, deux clercs d'avocate pour le coup, Claude et Catherine, dont elle versait le salaire, mais que je prendrais à ma charge dès que l'argent commencerait à entrer, ce qui était en train de se produire. Je choisissais moi-même mes affaires, et assurais à côté, de mon propre chef, quelques gardes dans le mois afin de traiter, avec le même professionnalisme et la même ferveur, des clients infortunés commis d'office, pour lesquels l'État me rétribuait assez chichement, mais que Dieu me rembourserait au centuple dans ma prochaine vie.

Je me souviens encore du sentiment qui m'assaillit en sortant de la maison d'arrêt ce jour-là, le sentiment terrible que la partie qu'il me serait donné de jouer serait compliquée. Très compliquée. Qu'une femelle défendant un Nègre était un monstre que la machine judiciaire française n'hésiterait pas à broyer.

Je revois encore, comme si j'y étais, ces premiers instants où je retrouvai la lumière du jour, après quarante minutes enfermée dans la cellule avec mon client, comme si j'eusse été moi aussi une prisonnière, l'air frais, le soleil chaud, cette terrasse où je décidai de m'asseoir pour déguster un verre de vin blanc et réfléchir, me mettre en condition pour ce combat qui commençait, consciente d'avoir la chance de faire quelque chose que Michel Pandanjila n'aurait pas le loisir de refaire de sitôt : voir le soleil, le ciel au-dessus de sa tête, siroter un verre. Ne peuvent apercevoir en ces futilités toute la richesse de la vie que ceux qui en sont un jour privés.

Je sortis de mon sac le dossier que le juge d'instruction chargé de l'affaire, le fameux Frédéric Ajas, véritable requin du parquet, m'avait fourni. Il contenait la copie de la photographie qui avait entraîné l'arrestation immédiate de Michel Pandanjila.

Elle avait été prise par un certain Eugène Faiblard (je n'invente rien !), employé à *La Gazette de M.* Un journaliste qui couvre un événement de ce genre – je parle d'un spectacle de Noël mais il aurait pu s'agir de n'importe quelle représentation, concert ou discours d'homme politique – prend deux types de photographies. Le spectacle (le journaliste se tient alors dans le public et vise la scène de son objectif) et le public (*a contrario*, l'homme se tient près de la scène et vise l'assistance ; cela donne une idée du nombre de spectateurs, de leurs réactions *in vivo*). Le cliché que j'avais entre les mains était de ce second type.

On y voyait la foule. Une uniformité de visages, de chapeaux, de manteaux sombres, de parapluies, heureusement peu nombreux car ils cachaient beaucoup de détails. Les plus petits se dressaient sur leurs pieds, la tête dépassant d'une épaule, certains regardaient impassibles ce qu'il se passait sur scène, d'autres, plus distraits, fixaient une autre direction. Un homme, bras dessus, bras dessous avec une grosse et vieille femme aux cheveux bouclés argentés, lorgnait discrètement une jeune fille menue aux cheveux roux et lisses (on convoite toujours ce que l'on n'a pas…), un autre regardait sa montre d'un air impatient.

Et puis, il y avait cela.

Cela, c'était une portion de l'image qui avait été

entourée d'un cercle tracé à main levée. Par le plus grand des hasards, le cliché avait été pris juste au moment où l'on étranglait Rose Rivières. On pouvait voir, au milieu de cette multitude de visages pâles, son regard perdu, les yeux mi-ouverts, sous sa frange de cheveux coupée à la règle, sa bouche déformée en un étrange rictus. Mais ce que l'on distinguait le mieux, c'étaient ces deux grosses mains noires refermées sur son cou blanc qui lui dessinaient comme un horrible collier d'ébène.

Pour la première fois de ma vie, je passai le réveillon du jour de l'An seule avec une bouteille de champagne, à préparer la défense de mon client. Une fois que tout fut prêt, je sollicitai une séance exceptionnelle avec le juge d'instruction. Elle se déroula le 7 janvier au tribunal de grande instance de M.

– *Demande de libération provisoire de M. Michel Pandanjila, mis en examen pour l'assassinat de Rose Rivières et écroué en détention provisoire à la maison d'arrêt de M.*, lut le juge Frédéric Ajas avant de froncer ses épais sourcils noirs.

Il passa le document à son juge assesseur, Norbert Laurent, et sa secrétaire, Adeline Trouillet, puis leva les yeux vers moi, un petit air sceptique ou amusé sur le visage.

– Nous vous écoutons.

Je saisis la valise de bonne taille que Claude avait portée jusque-là, l'ouvris et la retournai d'un mouvement sec. Une pluie de gants de toutes les couleurs se déversa sur le sol. La majorité, des Benoît Patrix (la ganterie locale).

– Madame, messieurs les juges, ce que je viens de jeter à vos pieds sont des gants que j'ai demandé au personnel de ce tribunal d'avoir la gentillesse de mettre dans cette valise. J'ai fait tous les étages de ce bâtiment. Il y a des gants du personnel administratif, du secrétariat, et même de certains de vos collègues magistrats. J'ai glissé un morceau de papier dans chacun avec le nom de leur propriétaire afin de les leur rendre après cette réunion. Pour résumer, il s'agit là des gants de pratiquement toutes les personnes travaillant dans ce tribunal.

Je me baissai, en ramassai un, puis un autre.

– En voici un bleu marine, en voilà un joli en cuir rouge. Très élégant. Regardez, les noirs sont plus grands que les colorés. Ils appartiennent sans doute à des hommes.

Le juge Ajas, ne tenant pas plus longtemps, réagit.

– Où voulez-vous en venir, maître ? Nous ne sommes pas au marché, un peu de tenue, nous sommes dans un tribunal, bon sang !

– Je le sais, monsieur le juge, et c'est justement mon propos. Il fait froid ces derniers temps à M.

Le juge Norbert Laurent intervint, agacé.

– Merci pour le bulletin météorologique, maître. Et sinon, en ce qui concerne notre affaire ?

– Laissez la défense aller jusqu'au bout de sa démonstration, messieurs, implora la secrétaire, ce qui ne sembla choquer personne, ils devaient être habitués à ce que la secrétaire donne son avis.

Je lui souris et la remerciai. J'avais une alliée dans le camp adverse.

– Il fait froid, et c'est bien là où je veux en venir, continuai-je. Il y a dans cette valise soixante-quatre paires de gants, ce qui signifie que pratiquement toutes les personnes présentes ici aujourd'hui portent des gants.

– À la bonne heure ! s'exclama le juge Laurent. C'est le père Patrix qui doit être content de vendre autant de gants…

Je sortis des poches de mon manteau une paire de couleur vert pomme.

– Originaux, n'est-ce pas ? Mes parents me les ont offerts pour Noël, il y a quelques années. Je ne les mets plus guère mais ils me vont encore… comme un gant, si j'ose dire. Je les ai pourtant mis hier. Pour une occasion, disons, très spéciale.

– Laquelle ? demanda le juge Ajas, qui se sentait de faire avancer, d'une manière ou d'une autre, cette ennuyeuse conversation.

Je glissai, méthodiquement, un doigt après l'autre dans le tissu.

– Hier, je suis allée rendre visite à mon client à la maison d'arrêt de M., dans sa cellule.

– Et vous avez mis des gants car il faisait froid, la belle affaire ! coupa Laurent.

– J'étais accompagnée de mon clerc, Claude (je

désignai mon assistant assis derrière moi), il avait, sur mes instructions, pris un appareil photo avec lui. Nous avons fait cette photo.

J'ouvris une chemise cartonnée et en sortis un jeu de trois clichés que je remis au juge d'instruction puis aux deux assesseurs.

Je fixais maintenant les magistrats, en guettais la moindre expression.

– Qu'est-ce que c'est que ça ! s'offusqua le juge Laurent. C'est une blague ?

– C'est une photographie en noir et blanc de mauvaise qualité. Je me suis permis de colorier au crayon vert mes gants, qui apparaissaient en blanc. Que voyez-vous, messieurs, madame ?

– Une avocate étranglant son client ! annonça le juge Ajas, de plus en plus courroucé qu'on lui fasse perdre son temps avec des sottises.

– Des doigts verts sur le cou de M. Pandanjila ? corrigea Adeline Trouillet, voyant que la réponse de son patron ne me satisfaisait pas.

– C'est exactement ce que je voulais entendre, madame. Des doigts verts sur le cou de mon client. Vous avez relevé la couleur car c'est un élément important, déterminant. Verts, avez-vous dit. En déduiriez-vous pour autant que c'est un lézard géant qui est en train d'étrangler M. Pandanjila sur ce cliché ?

Un lézard géant. On en parlerait encore longtemps pendant les pauses-café du tribunal. À tous les étages.

– C'est absurde, murmura Norbert Laurent.

– Je n'ai pas bien entendu, voudriez-vous répéter ?

– J'ai dit que c'était absurde.

– Quoi ?

– Eh bien, cette histoire de lézard géant.

– Et vous, monsieur le juge ? demandai-je en m'adressant à Ajas. Est-ce un lézard qui est en train d'étrangler M. Pandanjila ?

– J'ai du mal à comprendre ce que vous voulez nous dire, maître.

Je montrai les gants verts que j'avais sur les mains et repris mon sérieux.

– Comment la police n'a-t-elle pas eu la présence d'esprit, ne serait-ce qu'une seconde, de penser que l'assassin de Rose Rivières portait des gants ? Oui, messieurs les juges, madame la secrétaire, ces doigts que l'on essaye de nous présenter comme noirs, sur la photographie de M. Faiblard, la photographie qui a envoyé M. Pandanjila en maison d'arrêt, ces doigts que l'on essaye de nous présenter comme étant ceux de mon client, pourquoi ne les imaginerions-nous pas plutôt blancs ? Des mains blanches dans des gants de couleur noire ? Ou rouge ? Car nous savons tous que le rouge devient noir sur une photographie en noir et blanc. Qu'y a-t-il de si insensé à cela ? Avec le froid qu'il faisait le 25 décembre dernier, ne serait-il pas plus logique de penser que le meurtrier avait des gants, plutôt que de penser qu'il n'en portait pas ? Oui, l'assassin de Rose

Rivières portait des Benoît Patrix, comme vous, comme la majorité des personnes de ce tribunal, de cette ville, quand vous sortez dans la rue et que la température est basse, quand vous vous apprêtez à assister à un spectacle dehors, en plein froid, et à plus forte raison, lorsque vous vous apprêtez à tuer une jeune femme et que vous ne voulez pas laisser d'empreintes !

– C'est bien, vous croyez vraiment ce que vous dites, maître, dit le juge d'instruction Ajas en secouant la tête, sceptique.

– C'est aussi ce que croira la population de M. demain matin, monsieur le juge. J'avais prévu votre réaction. C'est pour cela qu'avant de venir ici, j'ai remis cette photographie à *La Gazette de M.* Ils ont été très intéressés par ma théorie, ils l'ont adorée d'ailleurs. Ils m'ont assuré qu'ils en feraient leur une.

Le visage d'Ajas passa du scepticisme à la stupeur. Sa secrétaire dissimula un sourire, satisfaite que, pour une fois, quelqu'un lui ait cloué le bec.

J'exécutai une espèce de révérence, enfilai mon manteau et quittai la salle, suivie de Claude qui portait notre grosse valise.

Comme je l'avais espéré – ou peut-être pas autant car, eu égard aux préjugés raciaux, je croyais la partie perdue d'avance –, mon argumentation eut un effet détonant. La photographie de l'avocate de la défense étranglant son client dans sa propre cellule avec ses gants vert pomme (une légende informait le lecteur de leur couleur puisque l'image était en noir et blanc) fit le soir même, comme convenu, la une de *La Gazette de M.* puis de tous les journaux régionaux du lendemain sous le titre « Michel Pandanjila, étranglé par un lézard géant ? Qu'en pensez-vous ? ».

Mon prêche culotté, combiné à sa médiatisation immédiate, réussit, après avoir déclenché les rires, l'acquiescement et la stupéfaction générale, à permettre à mon client d'être placé sous le régime de la liberté provisoire dans l'attente de son éventuel renvoi en cour d'assises. Ce fut là ma première victoire. Une petite souris du tribunal me rapporta que le juge Ajas était fou de rage. Ce fut là la seconde.

Voilà comment, le 8 janvier, à 18 h, Michel Pandanjila revit la lumière du jour. À 20 h, il m'invitait à dîner.

Je me souviens du visage d'ébène de Michel Pandanjila se frayant un chemin entre les volutes de fumée blanche de ma cigarette. J'apercevais un œil, un bout de lèvre de ce tableau incomplet, c'était comme l'observer par le trou d'une serrure, puis la fumée se dissipait et il reprenait alors toutes les dimensions d'un homme. D'un homme que je trouvais beau.

Non loin de nous, un gitan jouait de la guitare flamenco le pied posé sur une chaise en paille, ses mélodies tristes et enjouées à la fois nous berçaient et comblaient nos silences. Je n'avais jamais mangé dans un restaurant espagnol mais la nourriture était bonne et légèrement épicée. La tête me tournait agréablement. Le lieu était bruyant et animé mais je n'entendais et ne voyais que lui. Michel.

– Nous avons peut-être gagné une bataille, monsieur Pandanjila, mais pas la guerre, lui dis-je afin de tempérer notre victoire. Nous n'avons fait que mettre le juge d'instruction en rogne, et ce n'est jamais bon, croyez-moi. Surtout quand on n'a plus de plan après et que l'on a épuisé toutes nos cartouches. C'est un vrai chien de chasse. Lorsqu'il attrape sa proie, il ne lâche pas facilement, sauf au profit des chasseurs, les procureurs. Le juge Ajas serait capable de réquisitionner toutes les personnes possédant des gants noirs ou rouges à M., de leur fabriquer lui-même à chacune un alibi en béton pour prouver que ce ne peut être que vous…

– Appelez-moi Michel, fut la seule réponse de mon client.

Il tartina une noix de beurre sur un morceau de pain. Il m'avait vanté les bienfaits de l'huile d'olive méditerranéenne que l'on nous avait servie peu après nous être installés avant de la décliner et de demander du beurre, qu'il avait découvert à son arrivée en France et auquel il s'était habitué. Ses ongles étaient pareils à de minuscules coquillages nacrés au bout de ses doigts noirs. Ils brillaient comme des étoiles lorsqu'un faisceau de lumière venait se refléter sur eux.

Je détachai moi aussi un morceau de mon pain et le gobai goulûment en attendant l'entrée que nous avions commandée, une ration d'anchois frits dans une seule assiette que nous partagerions, car telle était la coutume des Espagnols. Je bus une gorgée de champagne. Son goût frais et fruité envahit ma bouche, écrasant celui de la cigarette.

– Je n'ai pas tué… cette femme, me dit-il alors en levant les yeux de sa tartine.

Son morceau de pain paraissait infime et d'une blancheur éclatante entre ses gros doigts noirs. Si je n'avais pas lu quelque part dans son dossier qu'il avait trente-deux ans, j'aurais été dans l'impossibilité de lui donner un âge. J'ignorais si cela venait de sa race ou si c'était lui qui était ainsi. Le temps semblait n'avoir aucune prise sur lui. Physiquement, du moins, car l'expérience de vie avait fait de lui une personne calme, posée, un sage. J'avais un faible pour les hommes plus vieux que moi. Ils étaient tout ce que je n'étais pas. Tranquilles. Et puis on dit que l'on recherche toujours un peu de son père dans les hommes qui croisent notre chemin.

– Je ne vous ai rien demandé, Michel.

– Mais je vous le dis quand même. Je ne la connaissais même pas.

– Ce n'est pas ce qui me chagrine le plus en ce moment. Je suis plutôt préoccupée par votre absence d'alibi. Le juge d'instruction aura tôt fait de s'infiltrer dans cette brèche comme une souris à la recherche de nourriture.

Michel me regarda comme si je parlais de choses qui ne le concernaient pas. Je m'efforçai de me souvenir de ce que j'avais lu dans la procédure. Dans sa déposition, Michel avait déclaré être chez lui le 25 décembre dernier entre 11 h et 12 h. Il vivait seul et personne ne pouvait attester la véracité de ses paroles.

– J'aurais eu des témoins si j'avais été au travail, me dit-il comme s'il avait lu dans mes pensées, mais c'était Noël…

L'homme haussa les épaules puis il croqua dans sa tartine, passa la langue sur sa lèvre supérieure charnue afin d'y ôter tout résidu de beurre, ce qui n'était pas sans me troubler, je dois bien l'avouer. Il mâcha longuement alors que je me demandais si sa tranquillité était feinte ou réelle. Il me désarmait. Me « charmait » serait le mot juste. Comme s'il avait été au-dessus de toutes ces considérations mondaines. La grosse machine de la justice ne lui faisait pas peur.

– Vous vivez seul ? Je veux dire, si vous aviez une petite fiancée qui pourrait témoigner en votre faveur, ce…

Je me tus, certaine d'avoir rougi, et plongeai les yeux dans mon plat. Mon Dieu, j'avais tout d'une midinette et je me haïs sur le moment pour cela. Pour la première fois, il me fixa (je le vis sans même détourner le regard de mon assiette). Il demeura de la sorte pendant quelques secondes qui me semblèrent des heures, puis il finit par avaler ce qu'il restait de sa tartine. Me trouvait-il belle ? Ressentait-il la même chose que moi ? La même chaleur dans la poitrine, le même engourdissement dans le ventre ?

– Je n'ai personne, dit-il en s'essuyant les lèvres avec sa serviette.

Il choisissait ses mots, ne les gaspillait pas comme certains d'entre nous. Ils étaient, dans sa bouche, comme une révérence au don de la parole. Il les accompagnait de manières raffinées qui, conjuguées à son corps, que l'on devinait athlétique, et à son élégance naturelle, ne pouvaient que plaire. Il émanait de lui un mystère qui ne pouvait qu'attiser l'intérêt d'une femme. En tout cas, le mien.

– Bien sûr, je demandais cela, me justifiai-je, pour savoir si quelqu'un pouvait témoigner de…

– J'ai mangé seul, coupa-t-il de manière ferme mais à la fois bienveillante. Personne ne peut témoigner de cela.

Pour lui, l'affaire était entendue, close, il n'y avait rien à ajouter ou discuter. Il se dégageait de lui une inclination à se résigner à cette situation, à cette condamnation, à cet acharnement de la vie, ou de la justice, contre lui, qui me toucha. Le fait qu'il ait passé Noël seul aussi. Il ne semblait pas avoir de famille ici, mais avait-il des amis ? Je le sentais démuni, seul contre tous, et, même si j'estimais qu'il méritait mieux que moi, un avocat aguerri, pas une novice à peine sortie de l'université de droit, je ne pus, égoïstement, me faire à l'idée de me dessaisir de cette affaire et j'eus envie de le défendre bec et ongles. J'avais surtout envie de le revoir et être chargée de son cas me paraissait la seule façon possible. Lui aussi semblait aimer ma compagnie. Sinon il ne m'aurait pas invitée à dîner, il m'aurait remerciée et serait rentré chez lui. Il me fallait lire entre les lignes, entre *ses* lignes, entre ses paroles si sobres et succinctes.

– Nous n'aurons besoin d'aucun alibi, dis-je, pour me convaincre moi-même davantage que mon client. Ils ne trouveront plus rien contre vous. Cette photo était le seul élément en leur possession et regardez ce que nous en avons fait ! Il n'y a plus qu'à attendre. Attendre qu'ils nous attaquent à nouveau, mais je pense que cela va en rester là, ils n'ont plus d'arme, ajoutai-je alors que je pensais exactement le contraire.

Je ne connaissais que trop le juge Ajas pour imaginer sottement que je lui avais cloué le bec alors que je n'avais fait que jeter de l'huile sur le feu.

Mais je n'en laissai rien paraître et lorsque les anchois arrivèrent, nous nous étions souri pour la deuxième fois.

– Parlez-moi de Yaoundé…

La paella nous fut servie sous les coups rythmés et endiablés du guitariste, qui avait quitté sa chaise et était venu jouer juste sous notre nez. Je pensais qu'il allait s'user les doigts à gratter si fort les cordes de son instrument. Je ne comprenais pas un seul mot mais la langue me semblait belle, poétique, romantique. Elle chantait comme un oiseau. Je me demandai pourquoi Michel avait choisi cet endroit. S'il y venait souvent, seul ou accompagné de jolies femmes, ou si c'était pour lui la première fois, tout comme moi. Je n'osai cependant lui poser ces questions, de peur d'entendre une réponse qui m'aurait déplu, et dégustai en silence une cuillerée de riz jaune.

À un moment, Michel tourna les yeux vers l'entrée du restaurant. Je suivis son regard. Un homme venait d'apparaître dans l'encadrement de la porte, un grand bouquet de roses dans les bras. Il s'approcha d'une table mais le client qui s'y trouvait secoua la tête sous le regard quelque peu déçu de sa compagne. Le vendeur s'avança alors vers une autre table où, enthousiaste, le gentleman acheta le bouquet entier, provoquant l'hilarité de la blonde qui dînait avec lui, ainsi que de leurs voisins. Elle lui sauta au cou, ils s'embrassèrent pendant que le vendeur de fleurs se tournait vers le reste de la salle, et donc vers nous, en haussant les épaules comme pour s'excuser avant de sortir.

En tournant le cou, je tombai sur le regard de Michel. Intense. Je devins rouge aussitôt.

– On dirait bien que vous avez été privée de roses, dit-il.

Il désigna le couple qui avait acheté toutes les fleurs et je crus qu'il allait se lever, aller offrir un billet à l'homme pour qu'il lui en laisse au moins une, mais, à ma grande surprise, il saisit sa serviette en tissu et commença à la plier dans tous les sens de ses doigts habiles. On aurait dit qu'il avait fait cela toute sa vie et je m'en trouvai quelque peu jalouse. Car de ses doigts naquit une rose blanche. La plus belle fleur qu'il m'eût été donné de voir.

Avant de me coucher, je jetai un dernier coup d'œil aux photographies. Bien entendu – sans quoi ce serait trop facile et les enquêtes ne le sont jamais, retenez bien ceci, non, elles ne le sont jamais –, on ne distinguait pas la personne qui se trouvait dans le dos de Rose et l'étranglait.

J'avais emprunté le verre grossissant de mon clerc Claude, l'avais posé sur la photographie, le cœur battant fort dans ma poitrine, certaine d'être sur le point de voir quelque chose que les policiers n'auraient pas vu. Mais je n'avais rien trouvé. Si ce n'est peut-être, et c'était là un élément qui avait tout de même son importance, que l'assassin ne dépassait pas de la tête de Rose. Non, le parapluie qui était derrière elle et cachait l'assassin ne dépassait pas, ce qui ne signifiait qu'une seule chose, qu'il était plus petit ou de même taille qu'elle.

Je consultai le dossier. Rose Rivières mesurait un mètre soixante-douze. Mon client, un mètre quatre-vingt-neuf. À moins qu'il ne se soit accroupi, mais pour quelle raison ? Michel Pandanjila ne pouvait pas être l'assassin que nous recherchions et cela me réconforta.

Eugène Faiblard était un homme d'une cinquantaine d'années qui avait passé sa vie à prendre des photos, accumulant des milliers de clichés et de pellicules qu'il avait entreposés dans des centaines de boîtes à chaussures dont il ne savait plus quoi faire. Son bureau, à *La Gazette de M.*, ressemblait davantage à un atelier d'artiste qu'à un office de journaliste. Il y avait même dans un coin une bassine en cuivre surmontée de cordes à linge sur lesquelles il faisait sécher ses photos pour les développer.

Eugène était brun, le cheveu gominé, portait la moustache et, bien qu'étant en surpoids, il nageait dans un costume trop grand pour lui.

Il faisait chaud dans la pièce et j'avais déboutonné mon pardessus. Lorsqu'il me parlait, il semblait s'adresser à mon décolleté dont il ne détournait le regard qu'à de brèves occasions. Je me demandai ce que pouvait espérer un homme de son genre avec une femme du mien. Les quelques miettes que j'étais en train de lui jeter comme du pain à un pigeon ? Ce n'étaient jamais les bons qui vous offraient les regards dont vous rêviez. Et je me souvins qu'au dîner, Michel n'avait pas lancé de coups d'œil, pas un seul, sur ma poitrine, ce que je désirais secrètement. Peut-être, inconsciemment, était-ce cela qui me plaisait justement chez lui, le fait qu'il ne soit pas un homme comme les autres.

Après une courte introduction de ma fonction et de l'affaire qui m'amenait, j'entrai dans le vif du sujet.

– Je voudrais voir tous les clichés que vous avez effectués le 25 décembre dernier.

J'avais posé celui que j'avais en ma possession sur son bureau (ce qui lui avait valu de se détourner quelques secondes de ma poitrine) en tapotant dessus avec mon ongle :

– Avez-vous pris des photographies juste avant ou juste après celle-ci ?

Il prit le cliché en main, l'observa attentivement, comme si c'était la première fois qu'il le voyait. Il se demandait certainement s'il avait utilisé le bon angle, attendu la bonne lumière. Après avoir passé quelques secondes à juger son travail, il reposa la photographie sur le bureau et entreprit d'observer, avec la même minutie, mon décolleté.

– J'ai donné tout ce que j'avais à la police.

– Je trouve tout de même surprenant que vous n'ayez pris qu'un seul cliché de la foule. Et si la photographie, en la développant, s'était avérée floue ? Vous travaillez pour un grand journal et, d'après tous les témoignages que j'ai pu recueillir sur votre personne, vous êtes un grand professionnel, monsieur Faiblard...

La louange sembla toucher sa cible. Il fit mine d'ouvrir la bouche pour me révéler la vérité, sans doute aller dans mon sens, et puis, allez savoir pourquoi, il se ravisa :

– Je suis effectivement un grand professionnel, je ne rate jamais un cliché, voilà pourquoi une seule photographie me suffit.

Coulé, pensai-je, pendant qu'il souriait, fier de lui. Un point pour le photographe pervers.

– Vous savez, ma petite dame...

Il jeta un nouveau regard sur ma poitrine. Son cerveau mit quelques secondes pour ressortir de mon chemisier.

– Maître, corrigeai-je.

– Vous savez... maître, reprit-il à grand-peine, la photo, c'est comme la chasse. Oui, je chasse aussi, les fins de semaine. La technique de ces deux arts, apparemment si différents, est la même. La maîtrise de la respiration, le doigt sur le bouton ou la détente, l'acuité de l'œil qui vise, savoir quoi chercher et où, le souci du détail. On chasse un sujet comme on chasse un sanglier, une biche. Dans les deux cas, on n'a droit qu'à un coup...

Il devait avoir ressassé longtemps, et au cours de nombreuses conversations, son analogie entre la photographie et la chasse. Mais cela ne m'impressionnait pas.

Il mentait, c'était évident. En chasse, c'est vrai, on n'avait peut-être pas de deuxième chance, la perdrix s'envolait, le cerf fuyait à la première détonation, mais avec un appareil photo il en allait autrement.

J'ouvris plus largement mon pardessus, ce qui dévoila davantage les formes de ma poitrine. Son regard changea. Je n'ose à peine imaginer les pensées qui durent traverser son esprit à ce moment-là. Je m'avançai vers son bureau et pris le journal qui était déplié devant lui. Je l'ouvris et le feuilletai avec le calme le plus absolu. Il regardait mon numéro avec intérêt, ne devinait pas où je voulais en venir, mais c'était là le cadet de ses soucis, car la sensualité qui émanait de mes gestes était suffisante pour annihiler en lui toute recherche d'explication. Il devait penser que je cherchais une page en particulier ou que je survolais les titres de l'actualité du jour. Tranquillement, je reposai la gazette où je l'avais trouvée.

– Vous êtes sûr que vous n'avez pas d'autres clichés ?

– Certain, ma petite dame.

Alors j'écartai mon pardessus et posai ma main droite sur mon sein gauche. Je le comprimai quelques secondes. L'homme fronça les sourcils, puis sourit. Il passa sa grosse langue de bœuf sur sa lèvre. Je retirai ma main et jetai un coup d'œil sur ma poitrine, satisfaite.

– Je suis sûre que vous avez d'autres clichés, Faiblard. Si dans quelques secondes vous ne me les remettez pas, je sortirai de votre bureau en pleurs et je dirai à qui veut l'entendre que vous avez essayé d'arracher mon chemisier.

Le sourire de l'homme disparut. Il regarda la trace de doigts que l'encre du journal avait imprimée sur mon chemisier. Pendant ce temps, j'essuyais mes mains sur mon pardessus noir. Ses yeux retrouvèrent la force que la lubricité avait éteinte en eux, puis furent envahis par la peur. J'y lus aussi la surprise et la frustration d'un enfant à qui l'on reprend le bonbon que l'on vient de lui mettre dans la main.

– Ce n'est pas juste ! s'écria-t-il.

La manœuvre était sale, mais l'homme l'était plus encore. Et je n'éprouvai pas l'once d'un sentiment de culpabilité.

– Personne ne vous croira, lança-t-il.

Cela ressemblait plus à une tentative de se convaincre lui-même qu'à une menace.

– Vous voulez prendre les paris ? Vu comme vous me dévorez de votre regard pervers depuis le début, cela m'étonnerait que l'on ne connaisse pas vos penchants libidineux pour les jeunes femmes.

Je me levai d'un coup brusque, lançai mes épaules en arrière pour que mon pardessus tombe sur mes hanches. Au moment où je posais la main sur la poignée de la porte, j'entendis la voix fluette du photographe et je sus que j'avais gagné.

– J'avais oublié, dit-il. Il se pourrait bien que j'aie un autre cliché en réserve, madame.

– Maître.

– Maître.

Je me retournai. Son regard se glissa aussitôt dans mon décolleté comme une souris dans son trou. Ce devait être un réflexe car il s'en aperçut et le retira aussitôt.

– Vous avez raison, je suis un grand professionnel et je ne rate jamais une photographie, dit-il, j'en prends toujours une autre au cas où, pour me couvrir, comme on dit dans notre jargon.

Il demeura immobile, anéanti, et comme il voyait que j'attendais :

– Oh, je vous la montre tout de suite ! s'exclama-t-il en sautant de sa chaise comme s'il était monté sur un ressort.

Animée par la curiosité et armée de la loupe de Claude, je passais toute la fin de semaine à jouer aux devinettes. Au jeu des différences plutôt. La nouvelle photographie que m'avait remise Eugène Faiblard avait été prise quelques secondes avant celle qui était déjà en ma possession. Il n'y avait pas encore de grosses mains noires posées sur la gorge de Rose Rivières, il n'était donc guère étonnant que la police ne s'en soit pas servie (le journaliste m'avait avoué avoir donné les deux à la police).

Il manquait quelques parapluies, qui ne s'étaient pas encore ouverts. Les personnes autour de la victime étaient les mêmes sur les deux clichés. Ni une de plus, ni une de moins. Mêmes expressions, mêmes regards. Toutes les expectatives étaient tournées vers le spectacle qui se déroulait sur scène. Rose avait l'air captivé. Tout autant que sa voisine, une grosse blonde aux allures de poupon.

On ne distinguait aucun visage noir ou plus sombre que les autres. Les photos en noir et blanc avaient l'avantage de faire ressortir les contrastes. Si Michel Pandanjila avait été là, on l'aurait repéré comme le nez au milieu de la figure dans cet amas de visages pâles. Était-ce là une grande avancée dans notre problème ? Je l'ignorais encore. Ne pas le voir ne signifiait pas pour autant qu'il n'était pas là, tapi dans l'ombre, sous les parapluies qui entouraient Rose, attendant son heure. Le juge Ajas ne ferait qu'une bouchée de cette nourriture si j'osais la lui servir.

Je reposai les deux clichés sur la table de la cuisine et décidai de me lancer dans l'élaboration d'un rôti d'agneau pour me changer les idées. Nous étions dimanche soir, j'étais loin de me douter que dans quelques heures cette histoire prendrait une tout autre tournure.

TROISIÈME PARTIE

CHRISTIAN ET MARYSE RIVIÈRES

Un avocat peut remporter un procès de deux manières.

La première, la plus commune, est de prouver que son client est dans l'impossibilité d'avoir commis l'assassinat dont on l'accuse. On appelle cela un alibi. *Alibi* est un vocable latin signifiant *ailleurs*, car il détermine qu'à l'heure incriminée (en général celle du décès de la victime établie par le médecin légiste), le suspect se trouvait ailleurs que sur la scène de crime. L'être humain n'étant pas encore pourvu du don d'ubiquité, c'est une des meilleures défenses, si ce n'est la meilleure. Encore reste-t-il à le prouver, prouver que l'on était ailleurs à cet instant précis. Or, dans les circonstances qui nous intéressent, Michel Pandanjila se trouvait chez lui au moment des faits, seul, si seul… bref, je m'égare, seul donc, sans aucun témoin pour le garantir.

La seconde manière de faire innocenter un accusé est de trouver l'assassin soi-même. Enquêter parallèlement à la police, faire un travail de terrain, de tranchées, traîner dans la boue, fouiller les poubelles, interroger d'éventuels témoins, décortiquer chaque déclaration, chercher un mobile, l'étayer, confondre un suspect, pour finalement trouver un coupable que l'on jettera à la justice tel un substitut. Les hyènes délaisseront alors votre client à la faveur de cette nouvelle proie. Les avocats s'essaient en général assez peu à l'exercice. Pas par manque d'habileté dans le domaine, bien au contraire, car les avocats sont des détectives valables, parfois bien plus compétents que les fonctionnaires de police, notre intérêt restant principalement pécuniaire, alors qu'un inspecteur reçoit le même salaire à la fin du mois, qu'il ait élucidé ses affaires ou pas. Les avocats, toutefois, s'essaient peu à l'exercice, et il est assez facile de deviner pourquoi. Il n'est pas rare en effet qu'après des jours et des jours, voire des semaines ou des mois d'enquête minutieuse, les avocats tombent sur le véritable coupable. Et devinez quoi, je vous le donne en mille, il s'agit de leur client…

Voilà comment j'en vins à chercher un autre suspect plausible et à m'intéresser, de ce fait, à Christian Rivières, le mari de Rose, car la jeune femme avait laissé derrière elle un mari et un enfant, Edmond, âgé de deux ans.

Il s'agissait peut-être d'une fausse piste, mais elle avait l'avantage de me détourner un instant de Michel Pandanjila, et de donner, si du moins mon enquête s'avérait fructueuse, une autre carne à manger aux magistrats avides de chair fraîche. Il fallait élargir le vivier.

Dans une affaire « normale », je veux dire dans une affaire d'assassinat dans laquelle la police ne tombait pas, dès le début de l'enquête, sur une photographie de mains noires sur le cou de la victime, et sur l'étrange coïncidence qu'il se trouvait justement une personne de couleur vivant dans la ville où s'était déroulé le meurtre, dans une affaire « normale », disais-je, on avait tôt fait d'interroger le conjoint. Il était du domaine public que la majorité des assassinats étaient commis par une personne qui connaissait la victime, pour ne pas dire qui vivait avec elle.

Le premier détail qui m'avait frappée, lorsque j'avais un peu creusé dans la vie de la victime, avait été que Rose Rivières n'habitait pas à M. Je l'imaginais citadine, or elle vivait avec son mari à quelques kilomètres sur la route de P., au milieu des champs, dans une propriété très étendue largement dédiée à l'agriculture. Et je m'étais alors demandé pourquoi Christian Rivières, dans l'hypothèse où il eût été l'assassin, n'avait pas tué sa femme dans les sentiers déserts de ses terres. Les vergers, les montagnes, la forêt, les endroits pour assassiner quelqu'un et l'enterrer sans que personne s'en aperçoive ne manquaient pas. Alors pourquoi prendre le risque de le faire au milieu de cinq cents personnes, sur la place du centre de la plus grande ville de la région ? C'était une question à laquelle je devais répondre, car elle me serait inévitablement posée.

Lorsque je me présentai chez lui, Christian Rivières était en train de ranger des affaires dans le hangar. Il m'entendit me garer car il se retourna et m'observa, les mains sur les hanches, intrigué mais pas plus que ça, habitué, en quelque sorte, à ce qu'un véhicule puisse à tout moment faire irruption dans son jardin.

Sa propriété était du genre de celles si communes à la campagne, et en même temps si étranges pour les gens de la ville, qui ne possèdent ni grilles ni murs.

Comme si, dans le monde rural, on délaissait ce sentiment de possession si prégnant en zone urbaine. Nous autres avions des portes, des portails, des concierges, du personnel pour les plus fortunés, autant d'obstacles à franchir lorsque l'on voulait trouver quelqu'un. Ici, on traversait les champs de pêchers sur un chemin de terre sans croiser personne, et on débouchait aussitôt dans le jardin d'une maison.

Pour les gens qui avaient un minimum d'éducation, c'était un sentiment violent que celui de pénétrer dans la demeure de quelqu'un sans y avoir été convié.

– Monsieur Rivières ? demandai-je en ouvrant la fenêtre de mon automobile.

L'homme avait secoué la tête. Son visage était ridé comme une olive, il avait le teint verdâtre que le soleil donne aux choses qui lui sont trop longtemps exposées. Son visage était parsemé d'une barbe de trois jours. Il était petit et massif, d'une force naturelle offerte par le labeur dans les champs, mais en affichait aussi la fatigue et l'air vieilli qu'il confère. Il était vêtu d'une chemise blanche à carreaux jaunes et noirs aux manches retroussées et d'un pantalon court de travail qui lui arrivait au-dessus du genou. Comment pouvait-il s'habiller de la sorte en plein hiver ? Ne fallait-il pas être insensible aux morsures de janvier ?

Je me recoiffai dans le rétroviseur et sortis de ma voiture en tirant un peu sur ma robe pour la remettre en place.

– Vous êtes qui ?

Je n'étais pas encore assez folle pour lui dire que j'étais l'avocate de l'homme qui était accusé d'avoir tué sa femme, je lui répondis que je travaillais pour une assurance. Parfois, il est nécessaire de mentir pour mettre la main sur la vérité. Il secoua la tête, faussement intéressé, puis fit quelques pas pour retourner fouiller dans les affaires du hangar, derrière un gros tracteur. Il revint quelques secondes plus tard avec un cageot de pommes, en sortit une, emballée dans du journal. Il déplia alors le morceau de papier dans lequel elle se trouvait et me le tendit.

N'attendez pas l'orage, assurez vos récoltes contre la grêle, pus-je y lire.

– J'emballe tous mes fruits avec. Ça conserve bien.

Je souris.

– Vous savez ce qu'on dit ? Les compagnies d'assurance vous prêtent un parapluie quand il fait beau…

– … et vous le reprennent quand il pleut, complétai-je. Je ne viens pas vous vendre une assurance, monsieur Rivières, je viens pour… l'affaire de votre femme. Voilà, Rose avait contracté une assurance-décès il y a quelques mois, mentis-je, et il se trouve que vous en êtes le bénéficiaire.

Il fronça les sourcils. Il avait du mal à croire à cette histoire. Moi aussi, d'ailleurs. Durant tout le trajet en voiture, j'avais réfléchi à un prétexte crédible pouvant expliquer ma présence chez lui mais je n'avais rien trouvé de bien original. Quelquefois, mon impulsivité nuisait à la qualité de mon travail. J'agissais sur un coup de tête. Quelle urgence y avait-il à venir ici aujourd'hui ? me lamentai-je en silence tout en maudissant ma nature hâtive.

– Cette visite n'est qu'une formalité. Vous toucherez l'argent dans un mois ou deux.

Il se gratta le front, visiblement embarrassé.

– J'étais pas au courant.

– C'est souvent comme ça.

– Pourquoi Rose aurait pris une assurance ?

– Les motifs sont variés. Elle était en bonne santé, il n'y avait rien à craindre de ce côté-là, mais… pouvons-nous entrer ? Il fait un peu froid dehors.

– Oh, bien sûr !

Nous marchâmes jusqu'à la porte de la maison, il m'invita à passer devant lui, puis me guida vers la cuisine.

– Vous voulez un café ?

– Je préférerais un verre de vin blanc, osai-je.

Il sourit, se dirigea vers le cellier, en revint bientôt avec une bouteille.

À vrai dire, je ne savais pas moi-même ce que j'attendais de cette visite. Rencontrer cet homme, peut-être, voir à quoi il ressemblait. J'avais parfois rêvé d'avoir ce don, celui qui me permettrait de reconnaître, d'un seul coup d'œil, un assassin si j'en avais un devant moi. Mais plus je le regardais et moins j'y voyais clair.

Christian Rivières donnait l'impression de m'avoir

posé une question car il attendait visiblement une réponse, le goulot de la bouteille en suspens au-dessus de mon verre.

– Pardon ?

– Vous ne m'avez pas dit votre nom.

– Oh. Marie, improvisai-je.

– À la vôtre, alors, Marie.

Il sembla croire à mon mensonge, remplit mon verre puis s'en servit un lui aussi qu'il but dans le même mouvement.

– La police a perquisitionné votre maison ? demandai-je, tout en connaissant la réponse.

– De combien était l'assurance ? répondit-il, ignorant ma question avec la plus grande désinvolture.

– Heu… dix mille francs.

– C'est une sacrée somme !

Et il se resservit un verre.

– On va condamner le Nègre ?

– M. Pandanjila a été remis en liberté. Le temps que la police réunisse de nouveaux éléments.

Il connaissait déjà la nouvelle et ce n'était pas ce qu'il voulait entendre. Pour lui, le Nègre devait payer. Je rigolai intérieurement en imaginant la tête qu'il ferait lorsqu'il s'apercevrait qu'on ne lui avait pas versé un seul franc. Ce serait là ma petite vengeance, puisqu'il n'était pas dans mon camp. La vie se divisait en deux catégories : ceux qui étaient avec moi et ceux qui ne l'étaient pas. Malheureusement, il y avait en général plus de monde dans cette dernière.

– Qu'est-ce qu'il leur faut de plus ?

– Prouver qu'il est bien l'assassin de votre épouse, monsieur Rivières. Tout simplement.

Je haussai les épaules.

Il fronça les sourcils, me fixa longuement. J'eus peur qu'il devinât mes réelles intentions. Mais après tout, je ne les savais pas moi-même. Je scrutai son visage fermé. Je pouvais me vanter de savoir lire un peu dans les hommes, et celui-ci ne semblait pas avoir été très affecté par la mort de sa femme. On n'y lisait pas la fatigue, la déchéance, la tristesse qu'un tel événement avait l'habitude de creuser sur la peau des plus forts. Ses cheveux blancs, ses rides, ses petits gestes lourds et vains, peu soucieux, étaient antérieurs à la mort de Rose.

– Savez-vous si quelqu'un pouvait avoir des raisons de causer du mal à votre femme ?

Il regarda par la fenêtre. Pas par nostalgie, ni par gêne, mais par ennui, je crois. Un chien de chasse ou de garde, un énorme chien, courait entre les arbres. Il ne le perdit à aucun moment de vue, même lorsqu'il porta à ses lèvres, de manière machinale, la tasse en porcelaine dans laquelle il s'était versé un peu de vin blanc. Boire du vin dans une tasse…

– On est des gens sans problème, nous.

– Je sais, monsieur Rivières. J'essaie juste de comprendre.

Et alors je m'aperçus que je ne connaissais rien de Rose. Ses habitudes, son caractère. Était-elle sympathique ? Qu'aimait-elle faire dans la vie ? Qu'avait-elle pu trouver à cet homme ? L'avait-il rendue heureuse ? Je ne connaissais d'elle que ce visage en noir et blanc, perdu dans une foule.

Je ne pouvais pas trop insister, sous peine d'éveiller les soupçons.

– Bon, eh bien, je vais y aller, monsieur Rivières, tout est bon pour moi, vous recevrez l'argent dans les deux mois comme je vous ai dit. Je voulais juste vous dire tout cela de vive voix. C'est mieux qu'un courrier.

Je me levai, lui tendis la main. Je sentis ses gros doigts rêches et crevassés se refermer sur les miens. Je les imaginai parcourant le joli corps de Rose. Son cou, ses seins, son ventre. La sensation qui m'assaillit fut des plus désagréable.

– À propos, monsieur Rivières, combien mesurez-vous ?

Ma question l'étonna puis il haussa les épaules en se resservant un verre.

– Un mètre soixante-dix, pourquoi ?

– Pour rien, pour rien.

Pour la taille de votre cercueil, me retins-je de dire. Je tournai les talons et revins à ma voiture.

Qu'un mari fût plus petit que sa femme n'était pas un crime. Ce n'était pas très joli, certes, je ne l'aurais jamais supporté moi-même, mais ce n'était pas un crime. Excepté si l'on cherchait un suspect plus petit que sa victime. Ce qui était le cas. Je n'avais pas encore entre mes mains un plaidoyer convaincant, peut-être ne l'aurais-je jamais d'ailleurs, mais je possédais un début de piste encourageant et je m'engageai dans cette brèche avec un grand enthousiasme.

En rentrant à M., je décidai de me livrer à une petite expérience. J'avais mis trois quarts d'heure pour venir en voiture depuis M., et j'essayai de vérifier si ce temps pouvait être battu. Compte tenu de la grande vitesse à laquelle je revins à la ville, en prenant des risques inconsidérés, je pus améliorer ce délai de vingt-cinq minutes. Il était de ce fait possible de parcourir le trajet entre la demeure de Christian Rivières et la place de M. en vingt minutes. Ce qui signifiait quarante minutes pour l'aller-retour et laissait vingt minutes pour retrouver Rose et l'étrangler. En une heure, l'époux, qui avait une automobile, je venais de la voir garée à côté du tracteur dans le hangar, pouvait avoir exécuté son méfait, c'était physiquement possible, et une heure, c'était exactement le laps de temps durant lequel il s'était absenté le matin de l'assassinat. Seulement voilà, les heures ne correspondaient pas. Et c'était là le cœur de son alibi.

J'avais lu et relu la déclaration de Christian Rivières. Au moment où l'on étranglait sa femme, il se trouvait dans ses champs, en pleine récolte de salsifis et radis noirs. Une bonne trentaine de saisonniers pouvaient en témoigner. Il s'était absenté une petite heure, mais entre 10 h et 11 h seulement. Les témoins étaient formels. À 11 h 30, il était avec eux. Il avait même organisé un petit casse-croûte spécial car c'était le 25 décembre et il s'en voulait de les faire travailler un tel jour. Il s'était improvisé en Père Noël et leur avait offert un cadeau à chacun. Une jolie montre pour les hommes, un bracelet en argent pour les femmes. Certains employés, des vétérans, relevaient que Christian Rivières n'avait jamais fait preuve d'une telle bonté les années précédentes. « Le patron ne faisait jamais de cadeau. » Ils prirent cela pour une amélioration. « On ne va tout de même pas se plaindre ! »

Le rituel était le même, chaque matin : avant de travailler, les employés devaient laisser leurs effets personnels, montres et bijoux dans des casiers, car l'utilisation de machines pouvait devenir dangereuse avec ce genre d'accessoires. Une alliance se prenait vite dans les rouages et c'était le doigt qui risquait de partir avec. On avait déjà vu cela. Ensuite, ils enfilaient des bottes et rejoignaient les vergers pour la journée. Ce Noël s'était déroulé de la même manière, excepté pour le casse-croûte spécial et les cadeaux. En résumé, il était impossible que Christian ait pu se trouver à M. à 11 h 31, heure de la mort de son épouse. Affaire classée.

Dans un cas comme dans l'autre, c'était l'alibi qui détruisait tout. Personne pour attester les propos de Michel, un peu trop pour avérer ceux de Christian.

Ce soir-là, je me préparai une orangeade. Je faisais les orangeades comme personne. Je m'installai sur le divan avec mes photographies et la loupe de Claude et passai une bonne demi-heure à scruter chaque détail. Ces photos étaient devenues les compagnes de mes soirées. J'étais convaincue, maintenant que j'avais rencontré Christian Rivières, qu'il me serait plus aisé de le reconnaître sur un cliché. Mais je dus rapidement me rendre à l'évidence, il ne s'y trouvait pas. Du moins, on ne le voyait pas. Non, on ne le voit pas, répétai-je en buvant une gorgée d'orangeade et c'est peut-être ces cinq mots anodins qui me poussèrent à m'intéresser aux parapluies.

Je l'ai déjà dit, il y en avait très peu, j'en comptai une dizaine. Je trouvai deux raisons à cela. La première était que, compte tenu de la faible précipitation, la majorité des personnes n'avaient pas jugé nécessaire d'ouvrir le leur. La seconde était que la majorité était sortie sans. Moi-même je détestais trimballer cet instrument. La pluie devenait un prétexte pour se réfugier dans un café et boire un verre.

Je jetai un œil distrait sur l'ensemble de la photographie sans trop savoir ce que je cherchais. Un doute m'assaillit. Peut-être étais-je en train d'observer la mauvaise depuis le début… Je veux dire, et si la solution avait été sur le cliché dirigé vers la scène et non celui vers le public ? J'avais concentré toutes mes recherches sur les spectateurs, ce qui était un peu normal puisque Rose était dans l'assistance et non sur scène, mais si un détail d'importance s'était trouvé sur celle-ci ?

C'est avec une lueur d'espoir retrouvé que je saisis la photographie en noir et blanc de la crèche. Il n'y avait plus d'orangeade. Je débouchai une bouteille de vin blanc et m'en servis un verre.

Je ne trouvai rien non plus dessus. On y voyait des bergers se relayant devant Joseph, Marie et l'Enfant Jésus. Deux à genoux, trois debout. Derrière tout ce beau monde, un bœuf ruminait. Je notai qu'il manquait l'âne, mais en avait-on jamais vu à M. ?

Au bout de quelques minutes, je laissai tout en plan sur la petite table du salon et allai me coucher.

Cette nuit-là, je fis un rêve.

Je me trouvais sur la place de M. La pluie tombait, fine mais soutenue. Les gouttes semblaient des milliers d'aiguilles qui vous piquaient la peau. La sensation était réaliste, insupportable, et je m'efforçais de trouver un pas de porte où m'abriter. D'autant plus que j'étais entièrement nue. Et que la douleur était intense. Pour une fois, les hommes ne me dévisageaient pas, le désir dans les yeux, les femmes ne me toisaient pas, l'envie dans le regard. Personne ne faisait attention à moi, à vrai dire, et dans ma lutte pour m'abriter des dards qui pleuvaient sur moi, je poussai la première porte qui apparut sur mon chemin. Je me retrouvai dans une tourelle. Un escalier en colimaçon menait dans les hauteurs dont les ténèbres semblaient avoir pris possession. Comme attirée par un aimant, je commençai à gravir une à une les marches du gigantesque escalier. L'ascension fut longue et pénible, chaque fois que je pensais être montée de plusieurs étages, je m'apercevais que j'étais revenue en arrière, et que plus je montais, plus je descendais dans les profondeurs de la terre. Je croyais ne jamais arriver en haut lorsque mon pied se posa enfin sur le plancher froid d'un grenier. Des lattes craquèrent, menaçant de s'effondrer à tout moment. Apeuré, un pigeon s'envola, faisant claquer ses ailes comme autant de coups de fouet. Lorsque mes yeux s'habituèrent à la pénombre, je distinguai une horloge devant moi. Une immense horloge, à l'envers. J'en déduisis qu'il s'agissait de celle qui surplombait la mairie. Elle indiquait 12 h 29. Je me demandai si nous étions la nuit ou le jour car aucune lumière ne perçait les poutres du clocher qui pourtant donnaient sur l'extérieur. La charpente était trouée en mille endroits et, un instant, j'eus peur de sentir à nouveau sur ma peau la morsure des aiguilles qui pleuvaient du ciel et que j'entendais s'abattre sur la toiture. Mon regard revint sur l'horloge. 12 h 29. Et alors, je compris.

Une goutte de pluie dut traverser toute la structure en bois de l'édifice car je sentis une vive piqûre dans le creux de mon bras. La douleur fut si intense que je me réveillai.

Du coin de l'œil, je vis un homme affublé d'une blouse blanche retirer une seringue de mon bras droit. J'étais dans mon lit. Un drap, duquel seul mon bras sortait, couvrait mon corps jusqu'au cou.

– Voilà, dans quelques minutes, ça ira mieux.

Il disparut et c'est Catherine qui jaillit à sa place.

– Dieu soit loué ! s'exclama-t-elle.

– Que s'est-il passé ? demandai-je.

– Une chance que tu vives sur ton lieu de travail, expliqua Claude, dont la grosse tête apparut au-dessus d'elle. Quand nous sommes arrivés à l'appartement, ce matin, tu n'étais pas à ton bureau comme à l'accoutumée. Nous avons pensé que tu étais sortie. Nous nous sommes mis à travailler et puis, en milieu de matinée, Catherine a tout de même trouvé bizarre que tu te sois absentée si longtemps sans rien nous dire, cela ne te ressemble pas. Avant de te chercher plus loin, elle a fait le tour de l'appartement et nous t'avons trouvée dans ton lit, fiévreuse et en plein délire.

– Ce n'est rien, estima nécessaire de préciser le médecin. Du surmenage. Levez un peu le pied et tout rentrera dans l'ordre.

Il rangea ses instruments dans une grande trousse noire, me salua et s'en alla. Mes deux clercs d'avocat en firent autant, non sans m'avoir recommandé de les prévenir si j'avais besoin de quoi que ce soit. Ils laissèrent la porte entrouverte et retournèrent au bureau.

Ce n'était pas la première fois qu'un rêve, lorsque je m'en souvenais au réveil, m'indiquait une piste. Depuis mon enfance, j'avais ce petit don de voir inconsciente ce que je n'avais pas vu consciente. Il n'y avait rien de bien sorcier à la chose, je m'étais assez penchée sur la question pour savoir que pendant le repos, et à plus juste titre pendant le sommeil, notre cerveau continue de travailler. Il établit des connexions entre tout ce qui peut, d'une manière ou d'une autre, être relié. Mon cerveau travaillait trop, voilà tout, il ne se reposait jamais.

Je repensai à l'horloge de mon rêve. Du côté intérieur du clocher, elle affichait 12 h 29, ce qui signifiait que de l'extérieur, elle indiquait 11 h 31, qui se trouvait être la bonne heure, celle de l'assassinat de Rose Rivières. Je voyais juste les aiguilles à l'envers. Aiguilles. Je repensai aussitôt à la pluie de dards qui m'avait forcée à me réfugier dans la tourelle. Aiguilles. Comme des aiguilles d'horloge. Quelque chose clochait avec l'heure.

Je soupesai à la suite et en un flot continu, comme si j'ouvrais un barrage d'eau trop longtemps contenue, les hypothèses suivantes : l'horloge fonctionnait-elle bien ? Était-il réellement 11 h 31 lorsque l'assassin étrangla Rose Rivières ? Ne pouvait-elle pas afficher 11 h 31 alors qu'il n'était en réalité que 10 h 31 ? Ce qui induirait qu'elle avançait d'une heure. Était-ce dû au hasard ? Christian Rivières avait-il bricolé, j'ignorais encore comment, l'horloge afin qu'elle indique une heure qui l'arrangeait ? Quelle qu'en soit la raison, si l'horloge avançait bien d'une heure, alors cela ne signifiait qu'une seule chose. Rivières n'avait plus d'alibi.

Basile Boniteau est au volant de sa Citroën rouge.

Comme on lui interdit, depuis un moment, de la conduire dans la rue, son petit plaisir est de rester dedans des heures durant, sans rien faire, les mains posées sur le volant. Fanny a installé Bruno sur le siège passager. Celui-ci regarde devant lui, impassible, pendant que Basile lui raconte ses histoires avec de grands gestes enjoués qui lui font lâcher le volant. Dans son imagination, la voiture se détourne une seconde de l'axe dans lequel elle roule. Les roues crissent un peu. Puis Basile reprend le contrôle avec un sourire de satisfaction sur le visage. Cette voiture est une vraie merveille de la technologie moderne.

Adélaïde n'est plus là pour exercer sur lui son autorité tyrannique et la nouvelle, Fanny, il peut en faire ce qu'il veut. D'ailleurs, où est-elle ? Dans la cuisine en train de préparer ses immondes plats ? Dans la buanderie en train de repasser du linge ? Peu lui importe, du moment qu'elle le laisse tranquille. Il tapote le bras couvert de cicatrices de Bruno afin de le rassurer. Il aime faire cela. Personne n'aime Bruno sauf lui, même s'il ne le traite pas toujours comme il le faudrait. Bruno fait peur à tout le monde. Mais est-ce une raison pour ne pas l'aimer ? Basile sourit, heureux. Dans la vie, il n'y a rien de mieux que de faire une petite balade en voiture avec un bon ami. Et s'il faisait ce qu'on lui a déconseillé de faire ? Et s'il allait la conduire dans la rue ? Il pourrait aller voir les amis à l'espace social Chambord. Il les laisserait tous monter dans sa Citroën et ils iraient faire un grand voyage ensemble.

Le matin de mon deuxième jour de convalescence, je sautai hors de mon lit, bien décidée à rattraper tout ce précieux temps. Je pris une douche, sommaire, m'habillai et, une fois dans la cuisine, optai pour un bon petit déjeuner composé d'une tartine de pain frais, qu'avait acheté Catherine, de confiture de fraises et d'un café chaud.

Quelques minutes plus tard, je traversai la place de la ville sur laquelle Rose avait rendu son dernier souffle. Ici, la vie avait repris son cours. Personne ne semblait conscient de l'horrible crime qui s'y était produit quelques semaines plus tôt. Je ne pus m'empêcher de penser à mon rêve, imaginai les fines aiguilles de pluie tomber sur ma peau nue, et je pressai le pas pour entrer dans le bâtiment.

Cela ne me prit pas longtemps pour obtenir l'adresse de la personne chargée de l'entretien de l'horloge. Bernard Hug tenait une bijouterie non loin de là. C'est là qu'il passait le plus clair de ses journées lorsqu'il n'était pas occupé à démonter les rouages de l'horloge de M.

– Chose qui n'arrive presque jamais tant elle est précise ! C'est moi qui l'ai installée là en 1908 ! Depuis cette date, je n'ai eu à intervenir qu'à trois reprises. C'est vous dire…

– Vous me confirmez donc que le 25 décembre dernier, l'horloge était à l'heure. Je veux dire, qu'elle n'avançait pas ou ne retardait pas… d'une heure, par exemple.

– Une heure !

Le vieillard faillit en perdre le monocle d'horloger qui était encastré dans son œil droit et qui ne le quittait jamais. Il éclata d'un rire gras qui secoua un instant son corps frêle.

– Quand je vous dis que je l'ai réparée trois fois, c'était parce qu'elle retardait de deux, trois minutes ! Alors, une heure… non, jamais, ça, non, jamais.

Il reprit son sérieux de professionnel. Un coucou sonna comme pour lui donner raison.

– Quelqu'un d'autre aurait-il pu avoir accès à l'horloge, à part vous ?

Il fronça ses épais sourcils blancs.

– Pour quoi faire ?

– Eh bien, pour changer l'heure, de manière malveillante.

– Je suis le seul à entrer dans cette pièce. Mais la mairie possède peut-être une copie de la clef. Sûrement même. Dans le cas où je viendrais à perdre la mienne… Même si c'est inutile, voyez-vous, je n'ai jamais rien perdu de ma vie.

Il embrassa d'un mouvement du bras la pièce où nous nous trouvions. Les sols étaient couverts de tapis persans, les murs, de pendules en tous genres, les étagères, de bibelots divers, du plus minuscule au plus grand, dont il était difficile de connaître la fonction. Étaient-ils seulement à vendre ? Un désordre indescriptible y régnait mais donnait à l'espace une chaleur réconfortante. C'était Capharnaüm, l'ancienne ville du nord d'Israël, aux dimensions de sa petite boutique.

– Là où un œil non avisé ne voit que bordel, le mien voit la plus brillante organisation de tous les temps. Chaque objet est à sa place. Et il y reste. Regardez.

Il s'approcha d'un petit vase chinois posé sur une étagère et le souleva avec minutie comme s'il contenait quelque explosif sensible au mouvement. Il me montra du menton la trace circulaire de l'objet laissée dans l'épaisse couche de poussière qui semblait s'être installée là durant des siècles.

– Je ne passe jamais un coup de chiffon. Non pas que je sois sale, au contraire, c'est une technique pour dissuader les voleurs. Si l'on me vole ce vase, par exemple, je le verrai. La trace est là pour me l'indiquer.

Il sourit, visiblement fier de son stratagème pendant que je me demandais qui aurait eu intérêt à voler un tel bibelot, un tel ramasse-poussière, pour le coup.

– Je vois, dis-je sobrement. Je…

– Mais je vous arrête tout de suite, coupa-t-il comme s'il venait de se rappeler quelque chose de la plus grande importance. Dans l'hypothèse où votre brigand aurait mis la main sur une clef, il lui aurait fallu manipuler le mécanisme. Vous savez, on ne peut pas changer l'heure seulement en tirant sur les aiguilles d'un côté ou de l'autre, ou en remontant un bouton comme une montre, non, c'est bien plus compliqué que ça. Il faut connaître.

– Et connaissez-vous quelqu'un qui en serait capable à M. ? Un autre horloger.

– Je ne devrais pas vous dire ça, parce que vous allez penser que c'est moi le brigand, mais personne. Dans toute la région, il n'y a qu'une seule personne capable d'avancer ou de retarder cette horloge d'une heure. C'est moi. Et je ne vois vraiment pas pourquoi je l'aurais fait…

Quelquefois, nous nous croyons dans une impasse et puis, un jour, nous découvrons une porte. Maryse Rivières fut ce genre de portes qui apparaissent sans que nous les attendions, alors que tout semble désespéré.

Lorsqu'elle m'apparut, j'étais en train de cuisiner.

Si jamais j'écrivais un jour ce livre au sujet de l'affaire Rivières, je l'ai déjà dit, je pourrais commencer le récit par ce qu'il arriva ce soir-là. Il me faudrait, j'en suis bien consciente, porter un soin tout particulier à la première phrase ; elle ne serait ni trop courte ni trop longue, juste ce qu'il faut, quelques mots bien choisis, quelques virgules pour le rythme et l'esthétique, du panache, du style, ne serait-ce que pour me donner l'illusion, comme à chaque fois que j'écris pour le plaisir, que je ne suis pas en train de rédiger un plaidoyer, j'y mettrais donc un zeste de frivolité, de fantaisie :

Lorsque l'élément nouveau qui allait donner un coup d'accélérateur à une enquête piétinante ouverte depuis un mois déjà, à savoir l'affaire Rose Rivières, lorsque cet élément nouveau, disais-je, parvint à mes oreilles (à mon oreille droite, serait-il plus juste de dire puisque ce fut au téléphone), je venais de plonger une poignée de spaghettis dans une casserole d'eau bouillante.

Je relirais ma phrase, j'en aimerais la musicalité, sa manière brusque, et ce dès l'ouverture du livre, d'injecter du sensationnel dans le quotidien. Ou plutôt du quotidien dans le sensationnel. « Je venais de plonger une poignée de spaghettis dans une casserole d'eau bouillante. » Mon lecteur imaginerait l'eau frémissante, le faisceau de tiges blondes, cela parle à tout le monde, la casserole ne serait pas trop petite, c'est une erreur courante, les pâtes, pour ne pas coller, baigneraient dans une très grande quantité d'eau, les spécialistes, si tant est qu'il y en ait, conseillent plus d'un litre et demi pour cent grammes de spaghettis, je remuerais de temps en temps à l'aide d'une cuillère en bois pour éviter que celles-ci n'adhèrent à la casserole, je regarderais le tout en pensant à autre chose, à ma vie, ma journée.

Le fait est que lorsque le téléphone sonna, j'étais effectivement en train de cuisiner des spaghettis à la sauce chasseur. Je sursautai et observai, inquiète, la couleur des pâtes afin de savoir combien de temps j'avais rêvassé, apparemment pas assez pour qu'elles soient cuites, même pas *al dente*. Par réflexe, je baissai le gaz de la poêle où frissonnaient déjà les échalotes, le persil plat et l'estragon ciselés dans une mince flaque de beurre caramélisé.

J'essuyai mes mains sur un torchon, sortis de la cuisine à grands pas et me rendis dans la pièce de mon appartement où était installé mon cabinet. Sur mon bureau sonnait le téléphone de son cri strident, celui d'un enfant qui essaye d'attirer votre attention.

Par maniaquerie, je laissai passer encore une sonnerie avant de décrocher.

– Maître ? Je vous dérange ?

J'étais sur le point de répondre que non, que j'étais juste en train de cuisiner, mais l'intrusion de cette inconnue (car la voix était, à n'en point douter, celle d'une femme) dans ma vie intime, culinaire dirions-nous, m'effraya. En outre, cuisiner était un bien grand mot, cela pouvait induire en erreur : « Ah bon, vous cuisinez ? Voyez-vous cela ! Et quoi donc ? » demanderait-elle peut-être, dans un élan de culot inouï. Alors il me faudrait répondre : « Des pâtes. » Ce qui jetterait un voile de ridicule sur moi. D'ailleurs, en parlant d'elles, où en étaient-elles, ces fichues pâtes ? J'entendais le *plop-plop* de l'eau qui bouillonnait, il me fallait réduire le gaz. S'il y avait bien une chose que je détestais, c'était de manger des spaghettis passés. Il y a un moment où tout flanche. Une ligne de cuisson imperceptible où le succulent devient, en une seconde, du tout juste bon, pour rapidement sombrer dans le médiocre.

– Je m'appelle Maryse Rivières, je suis la sœur aînée de Christian Rivières. J'aimais énormément Rose. Et je sais qui l'a tuée.

Lorsque je revins à la cuisine, les échalotes avaient brûlé et l'eau des spaghettis s'était évaporée, laissant dans la casserole un amas de pâtes sèches semblables à un gigantesque nœud de serpents morts. Je vidai l'ensemble dans la poubelle. De toute manière, je n'avais plus faim.

Maryse et moi nous étions donné rendez-vous au Café des Platanes le lendemain matin et je me rendis compte un peu plus tard dans la soirée que la sœur de Christian Rivières ne m'avait pas seulement coupé l'appétit, elle m'avait aussi ôté le sommeil.

En entrant, la femme jeta un coup d'œil à gauche puis à droite et se dirigea vers moi sans hésiter. J'étais la seule femme dans le bar. Elle devait avoir la cinquantaine. Elle avait de jolis cheveux noirs coupés court, un visage enfantin et un regard espiègle.

– Voilà le journal dont je vous ai parlé, me dit-elle sans autres prémices, en me brandissant sous le nez un petit cahier à la couverture rouge.

Elle m'expliqua alors que, quelques jours avant la mort de Rose, elle avait reçu son journal intime par la poste dans une enveloppe sur laquelle était écrit « N'ouvrir qu'en cas de malheur ». L'enveloppe était accompagnée d'une lettre dans laquelle elle lui demandait de ne pas lui poser de questions, de ne pas la juger, de ne pas chercher à la revoir pour l'instant. Malheureusement, elle avait jeté cette dernière.

– Et qu'est-ce que vous avez fait ?

– Exactement le contraire, vous imaginez bien. Enfin, du moins par la pensée. Parce qu'au dernier moment, je me suis ravisée. Je me suis dit que si elle m'avait envoyé cela de manière aussi secrète, c'était parce qu'elle ne voulait pas que quelqu'un sache qu'elle m'avait prévenue. Elle était peut-être surveillée. C'était un peu gros tout de même mais j'ai préféré attendre. Je me suis dit que j'arriverais bien à voir Rose sous un prétexte ou un autre, et alors je lui tirerais les vers du nez. Mais tout s'est enchaîné trop vite et… elle est morte avant que j'aie pu la revoir… Dans sa lettre, elle disait qu'elle s'était mise dans une situation compliquée, et que si jamais les choses ne se passaient pas comme il le fallait et qu'il lui arrivait malheur, je trouverais dans l'autre enveloppe la réponse à mes questions. Bien entendu, j'ai été tentée de l'ouvrir mais je ne l'ai pas fait. Je ne l'ai ouverte que le lendemain de sa mort. J'ai lu son journal d'un seul trait. Lorsque vous en ferez tout autant, vous arriverez aux mêmes conclusions que moi, j'en suis sûre.

– Pourquoi ne pas être allée à la police ?

– Parce que la police a ce Michel Pandanjila dans le collimateur et je ne les crois pas capables d'exploiter une piste qui n'aille pas dans leur sens. Vous me semblez plus impartiale, je veux dire, nous voulons la même chose toutes les deux, que votre Nègre soit relâché et que le vrai coupable paye. Voilà ce qui m'intéresse, que ce fumier paye.

Cette formule, « votre Nègre », me troubla. Mon Nègre, pensai-je. Si seulement Dieu pouvait l'entendre. Si seulement Michel avait été mien. J'essayai de balayer ces pensées avant de trahir mes sentiments en rougissant.

– Selon vous, ce n'est donc pas Michel qui a tué Rose.

– Bien sûr que non !

– Qui alors ?

Elle me montra le carnet comme pour me dire que la réponse à ma question était dedans, que je n'avais qu'à lire, me fabriquer ma propre opinion, que je confronterais ensuite à la sienne. À ce propos, elle me laissa un numéro de téléphone. Sur ces paroles, elle regarda autour d'elle, méfiante, se leva et disparut.

Le lecteur pourrait s'attendre à ce que je me sois précipitée chez moi, aie grimpé les marches des escaliers quatre à quatre, me sois jetée dans un fauteuil à peine la porte franchie et plongée dans les pages du carnet, mais il n'en fut rien. Et c'est bien l'exact contraire qui se produisit.

Je rentrai chez moi le pas lent mais ferme, habitée par une sorte de tranquillité que je n'avais plus connue depuis longtemps, depuis en somme que toute cette affaire avait commencé. Maryse avait l'air si sûre d'elle que sa conviction en était devenue contagieuse et m'avait persuadée que je tenais là le sceptre qui ferait fléchir le procureur Ajas et la police. Ce n'était plus qu'une question d'heures avant que la France ne connaisse la vérité sur cette sombre affaire et que mon client soit, j'allais dire « blanchi », ou plus exactement lavé de toute suspicion.

En arrivant chez moi, je me fis couler un bain chaud, me déshabillai, me regardai quelques instants dans le miroir, appréciai ma beauté, mes courbes. Ma peau laiteuse, mon corps en forme de petite poire parfaite, mes seins menus mais fermes de jeune fille aux mamelons bruns, la constellation de grains de beauté qui parsemait mon ventre. Je trempai un pied dans l'eau, puis, satisfaite de la température, enjambai le bord pour m'y glisser. J'avais déposé le journal intime de Rose sur la petite table en fer où reposait le savon de Marseille avec lequel j'aimais me caresser le corps et les cheveux. Mon regard revint vers la naissance de mon sexe. J'écartai les jambes, ce qui libéra ma toison, mis à nu mon petit bouton rose avec les doigts, entrouvris délicatement mes lèvres déjà humides. En me voyant dans le miroir, j'avais réveillé mon désir, peuplé des images de Michel que j'avais imprimées ces jours-ci dans mon esprit au gré de nos rencontres. Je nous revis au restaurant. Son regard tantôt fuyant, incertain, tantôt posé sur moi, sûr de lui, si intimidant. Je ne pensais pas me tromper en affirmant qu'il était animé des mêmes sentiments que moi, sentiments contraires, car si nous étions attirés l'un par l'autre, notre fonction, moi d'avocate, lui de prévenu, nous empêchait de les laisser affleurer. Je n'avais jamais entretenu de relation extraprofessionnelle avec un client et je savais qu'à la minute où Michel ne le serait plus, il me serait impossible, il *nous* serait impossible, de continuer à *nous* cacher *nos* sentiments.

Je soupirai, le devinant nu, au-dessus de moi, enjambant la baignoire à son tour, sa peau noire teintée d'une myriade d'étoiles avalant la mienne. Ce qu'il y a de plus profond en l'homme, c'est la peau, a dit un poète dont je ne me rappelle plus le nom, je ne puis qu'être d'accord avec lui. Les grosses mains couleur de nuit de Michel saisirent mes hanches de porcelaine. Je me laissai faire. Le nacré de ses lèvres humides glissa sur ma poitrine. Son sexe devint grand et dur et chercha à se frayer un chemin entre la jungle de mes poils qui abritaient mes lèvres roses.

J'ai toute la soirée pour lire, me dis-je en effleurant mon sexe de la pulpe de l'index, la tête rejetée en arrière et les yeux fermés.

QUATRIÈME PARTIE

ROSE RIVIÈRES

Après la jouissance, la réalité a toujours un petit goût amer.

Je pris conscience que j'étais encore dans la baignoire. La tête me tournait. Je regardai un instant la pulpe de mes doigts flétrie comme autant de raisins dont on aurait vidé toute substance.

Je dépliai le bras, saisis une serviette de bain et me séchai. J'enfilai ma chemise de nuit et attrapai le petit cahier rouge qui se trouvait à côté de la baignoire. Puis, une fois assise sur mon lit, je l'ouvris à la première page. Aucun nom ne renseignait sur l'identité de son propriétaire. L'écriture était fine, dynamique et penchée vers le bas. Je l'identifiai comme celle d'une femme troublée, fragile. Elle racontait une histoire.

Une histoire à la fois belle et tragique à laquelle je me laissai aller. Ma nuit tout entière appartenait à Rose.

C'est certainement la beauté de Rose qui attira ce jeune agriculteur de la région. Le seul défaut qu'il pouvait lui trouver était qu'elle semblait intelligente. Et Christian Rivières avait appris à se méfier des filles intelligentes. Mais il en était persuadé, celle-là, il réussirait à l'amadouer.

De son côté, Rose reçut les avances de ce jeune garçon, moins timide que les autres, peut-être moins beau aussi, avec joie et espérance. Il est un fait établi, les garçons, impressionnables à cet âge-là, n'osent jamais approcher les jolies filles. Il n'y a pas plus maudit qu'une jolie fille, les garçons, intimidés, ne tentent rien, ne se sentent pas à la hauteur. Et il n'est pas rare qu'elles finissent avec le premier plouc qui leur aura, dans un élan d'auto-estime insensé, adressé la parole. Elles se retrouvent alors moins courtisées que les plus fades, ce qui est un spectacle toujours assez étonnant.

Christian était avenant, quoiqu'un peu bourru, avait les yeux bleus et l'air gentil. C'était tout ce qu'elle demandait. Un gentil garçon qui prendrait bien soin d'elle. La nouvelle génération d'hommes n'était plus de la trempe des princes charmants ou des chevaliers. Le travail dans les champs, les mauvaises récoltes, l'alcool et l'oisiveté des soirées et des dimanches avaient changé les mâles de la petite ville jusqu'au plus profond de leurs gènes. Ils étaient tous alcooliques, tabassaient tous allègrement leurs femmes, les enfants s'éduquaient à la gifle et au coup de pied dans les fesses. Mais Rose était une rêveuse. À moins qu'elle ne fût qu'aveugle. Elle croyait que pour elle, il en serait autrement.

Christian et Rose commencèrent à sortir ensemble à la fin de l'année. Il était agriculteur, possédait quelques belles terres, elle travaillait comme couturière. Elle venait à peine d'avoir vingt-deux ans, lui en avait vingt-trois, elle aimait la chanson française, il n'aimait pas la musique, elle aimait lire, lui trouvait que c'était une perte de temps. Cette flagrante incompatibilité entre eux, au lieu d'alerter la jeune fille, la rassura. Ils étaient faits pour s'entendre. Ne disait-on pas que les contraires s'attirent ?

Il avait des terres et de l'argent hérités de ses parents décédés, une grande maison au milieu des vergers, une voiture, il s'intéressait à elle, elle n'allait pas faire la fine bouche et cracher sur le miracle. Quant à lui, il retrouvait une seconde mère qui lui préparerait le repas, laverait son linge, lui donnerait un peu de tendresse et lui tiendrait compagnie. À la campagne, on n'en demandait pas plus. Ils y trouvaient chacun leur compte après tout.

– Ta Rose, elle est belle comme une sorcière, dit un jour un ami à Christian alors qu'ils prenaient un verre ensemble dans un bar du centre-ville. Tu n'as pas peur ?

– Peur de quoi ?

– Eh bien, que ça en soit une, de sorcière !

Pascal était parti quelques années faire des études de théologie à R. Il était revenu curé de M., encensait la petite foule du dimanche depuis les hauteurs de sa chaire à prêcher de l'église, sa tour d'ivoire. Pascal était déconnecté du monde moderne.

– Eh bien, moi, je te dis de faire attention, Christian. Et surtout, surtout, et tu avoueras que pour un curé, ce n'est pas commun de dire cela, mais ne te marie jamais avec Rose, parce qu'il se pourrait bien qu'elle t'ait ensorcelé et que…

Christian éclata de rire. Il n'était pas crédule, il n'était pas non plus le scepticisme fait homme, mais en cet instant précis, il pensa qu'il vivait vraiment dans une époque de bigots. Afin de rompre le sort, ou de montrer qu'il n'avait pas peur, Christian, de nature à toujours défier le destin quand ce n'étaient pas ses pairs, épousa Rose un mois après, le 15 décembre, à la plus grande horreur de son ami. La jeune fille emménagea après la noce dans la maison de son mari, au milieu des pêchers. Christian attendit que sa femme se transforme en sorcière, prépare d'odieux élixirs à base de jus de crapaud, mais cela n'arriva pas.

Il avait plu durant toute la cérémonie.

Mariage pluvieux, mariage heureux. Ils en avaient rigolé. Car ils avaient, du moins au début, la complicité des jeunes amoureux qui se lèvent, unis, contre le monde, qui se suffisent, qui dressent entre eux et les autres un haut mur indestructible d'amour, si ce n'est d'espérance. On sera plus forts que tout le monde, pensaient-ils, notre couple résistera aux autres, il résistera aux années, à l'ennui, à la routine, au désenchantement. On pense toujours cela au début, mais combien l'ont dit avant nous ? Et les photos qu'ils conservaient dans un gros album en cuir vert leur rappelleraient longtemps encore cette candeur propre à la jeunesse.

La noce fut joviale, spectaculaire. Quelque chose du Grand Meaulnes. Les plus jeunes avaient mis des masques, les plus anciens, des costumes traditionnels bariolés ressortis des armoires pour l'occasion. Un orchestre avait joué un jour et une nuit durant, accompagné au loin des cloches de la ville.

Christian montra tout de suite des signes de jalousie et de possession en ne laissant sa femme danser avec personne. Mais on ne lui en voulut pas de ne pas partager cette jolie fille. Il était le marié, le roi de la fête. Pour sa part, Rose était heureuse et se laissa entraîner dans la danse, enivrée des parfums et des colifichets de son mari qui lui caressaient le visage.

Pascal, l'ami curé, qui avait été bien obligé de les marier, regardait ce spectacle, cette débauche de sentiments et d'argent, d'un air circonspect depuis sa chaise, dans un coin du banquet, en se goinfrant de petits-fours et de saint-émilion, ce qui le changeait de l'hostie et du vin bon marché dont il abreuvait ses fidèles chaque dimanche matin. Peut-être s'était-il alarmé pour rien. Peut-être que Rose Rivières n'était pas une sorcière après tout. Mais il savait que le diable revêtait souvent un habit agréable, une apparence enchanteresse, trompeuse, celle de la tentation. Il priait pour qu'il n'en soit pas ainsi, entre deux choux de la pièce montée et deux gorgées de rouge.

La première nuit fut chargée de promesses.

Christian, égayé par l'alcool, n'en demeura pas moins attentionné, bien qu'un peu brusque dans ses gestes. Il essaya de satisfaire sa partenaire, qui n'était pas vierge, mais ne parvint pas à lui décrocher le moindre orgasme. Le couple mit cela sur le compte des nerfs, du trop-plein de nourriture, du vin blanc, des cocktails. Rose eut beau le rassurer, leur trouver des raisons, le saouler de paroles et de caresses, on a toute la vie pour faire l'amour, et bien le faire, Christian n'en pensa pas moins au fond de lui qu'il venait d'épouser une peine-à-jouir et cela le plongea dans une tristesse et une rancœur folles que Rose prit pour de l'attention et de l'amour. Crédule, amoureuse, elle crut qu'il était en colère contre lui-même et trouva cela touchant. En réalité, il était déjà en colère contre elle.

Christian et Rose se mirent en ménage le jour suivant. Comme il est de coutume, la femme s'installa chez son mari. Elle apporta les quelques bricoles qu'elle avait chez sa mère ainsi que trois gros cartons de livres dont le jeune marié se demanda bien ce qu'elle allait faire.

– Les ranger sur des étagères, pardi !

– À quoi bon garder des livres une fois que tu les as lus ? Tu les reliras un jour ?

– Je ne pense pas.

– Alors ?

– Parce qu'ils font partie de moi, de ma vie. Parce que… je ne sais pas, je n'ai jamais jeté un livre.

– Il y a un début à tout…

Rose pâlit. Connaissant son amour pour la littérature, son mari, l'homme qu'elle venait à peine d'épouser, l'homme qui devrait la chérir toute sa vie, dans la richesse comme dans la pauvreté, lui demandait déjà, avec le plus grand naturel, avec cette force dans le propos qui n'accepte guère le non pour réponse, de renoncer à une partie d'elle-même.

– Tu veux que je jette mes livres, Christian ? demanda-t-elle, à la fois abasourdie et triste.

Voyant qu'il était allé trop loin, le jeune homme éclata de rire.

– Mais non, c'était une blague !

Il la prit dans ses bras.

– Tu aurais dû voir ta tête !

Rose esquissa un sourire, soulagée, mais pas complètement quand même. Il y avait eu quelque chose de vrai dans le regard de Christian, enfoui sous ses beaux yeux bleus, quelque chose de sincère. C'était une blague, répéta-t-elle, comme pour s'en convaincre, sans voir, sur sa propre épaule, le rictus qui déformait le visage de son mari.

Avec Christian, c'était toujours un coup de froid et un coup de chaud. Une fessée, une caresse. Meneur d'un mystérieux et complexe ballet que Rose ne savait de quel pied danser et auquel elle devrait vite s'adapter si elle ne voulait pas trébucher, le jeune homme avait tout de suite imposé les règles qui régiraient leur vie.

Aux yeux des autres, car les autres sont toujours aveugles aux affaires d'un couple une fois la porte fermée, leur vie commune avait démarré sous les meilleurs auspices. Pour la famille surtout. Pour Pascal, ce n'était qu'un malheur endormi, latent, qui attendait son heure tapi dans les affres de la routine, et que l'on observait du coin de l'œil, aux aguets, avec la plus grande méfiance. Frémissant, il attendait de voir. Rose la sorcière enlèverait bien son masque un jour. Elle ne pourrait pas passer toute une vie à feindre.

Christian avait aussitôt demandé à Rose de quitter son emploi. « Je gagne bien ma vie. Ce n'est pas la peine que tu travailles. » Mais elle avait insisté pour garder, économe, ce petit morceau d'indépendance. C'était là quelque chose que lui avait inculqué sa mère depuis toute petite : « Prends un mari, aime-le, chéris-le, mais travaille, reste toujours indépendante. Deviens docile, soumise, et ton époux ne te regardera plus, il en voudra une autre », « Une femme, c'est comme un fauve qui doit rester indomptable ». Parlait-elle en connaissance de cause ? L'histoire ne le dit pas.

– Pas question, tu resteras à la maison ! trancha Christian.

Puis, se radoucissant, accompagnant ses paroles d'un regard tendre, d'une caresse sur la joue :

– Chérie, j'ai besoin de toi à la maison.

Ah, s'il n'avait été que despote et cruel, c'eût été facile, mais après le bâton, les mauvais mots, venaient la carotte, les sourires. Le regard bleu glacier redevenait bleu océan et Rose ne pouvait alors que tout lui pardonner.

En janvier suivant, Rose démissionna.

Le processus n'avait pas été immédiat et sans réflexion.

Rose considéra que le sort, d'une certaine manière, l'avait gâtée en lui donnant un mari fortuné et des vacances à vie. Au fond, elle ne tenait pas tant que cela à son poste de couturière qui lui abîmait la vue et les doigts, ni à son émancipation. Pourquoi s'opposer à son mari en insistant pour travailler alors que celui-ci lui offrait l'oisiveté, le temps de lire, la tranquillité du foyer, la commodité des pénates ? Il lui fut d'autant plus facile de démissionner qu'il lui avait été aisé de se faire embaucher.

Faisant donc fi des lointains conseils de sa mère, Rose avait fini par mettre de côté ses principes de femme ambitieuse. Après tout, que lui offrait Christian, si ce n'était d'occuper ses journées comme elle le désirait, lire, aller dépenser de l'argent dans les magasins et se promener à la grande ville quand bon lui semblerait ?

Elle ne tarda pas à déchanter.

Christian se levait aux aurores. Il l'avait obligée à en faire autant afin qu'elle lui préparât son petit déjeuner. « Tu peux bien faire ça pour moi, ma chérie, je me lève tôt pour aller travailler toute la journée. Et puis cela me fera une compagnie. Après, tu auras tout le temps de te recoucher ou de faire autre chose. » Elle se levait, lui préparait une tasse de café bien noir et une horrible tartine de pain frottée d'ail. Elle détestait cette odeur qui pouvait rester dans la bouche de son mari jusqu'au repas de midi, parfois jusqu'au soir. Puis elle se recouchait, mais n'arrivait que très rarement à retrouver le sommeil. Ensuite, elle se lançait dans le ménage, puis la cuisine. Christian revenait à midi pile. Il voulait que tout soit prêt et n'avoir plus qu'à mettre ses pieds pleins de boue sous la table. Jamais il ne posait une serviette, un couvert, une carafe d'eau, jamais il n'aidait à débarrasser, car il travaillait, lui. Il disparaissait dans la chambre pour une courte sieste, s'assoupissait vêtu de ses habits de travail sur les draps propres pendant qu'elle faisait la vaisselle puis le brin de nettoyage du sol qu'il venait de salir avec ses bottes terreuses. Lorsqu'elle reposait la serpillière pour souffler un peu, il l'appelait depuis la chambre, se mettait dans tous ses états si elle n'apparaissait pas aussitôt. Il venait de se réveiller et elle devait le soulager, comme l'on satisfait les premières nécessités ou le caprice d'un bébé. Le soulager était devenu le terme exact car elle ne prenait plus aucun plaisir à la besogne et lui n'y mettait plus aucun soin.

Un jour, elle le lui avait fait remarquer. « Tu n'es plus aussi doux qu'avant. On ne joue plus, tu vas directement au… – À midi, je n'ai pas le temps d'attendre que madame veuille bien jouir, lui avait-il répondu. Et de toute façon, cela n'arrive jamais. »

Ç'avait été comme un coup de massue pour elle. « C'est bien aussi, des fois, quand c'est rapide, non, ma chérie ? » s'était-il empressé d'ajouter en lui caressant la joue. Elle lui avait souri en opinant du chef, résignée. « Ce soir, on le fera comme tu veux, je te promets. » Mais le soir venait et il s'endormait en ronflant fort avant de pouvoir faire quoi que ce soit.

En quelques jours, Rose avait déjà pris le pli de ce qui deviendrait sa vie sexuelle pour les années à venir. Ils avaient complètement délaissé les préliminaires, elle s'allongeait sur le lit à côté de lui, culotte retirée, robe relevée, jambes écartées, déjà prête, il l'embrassait de quelques baisers au goût d'ail et elle prenait sur elle pour ne pas vomir, puis il montait sur elle de tout son poids, un poids mort, baissait la braguette de son pantalon sale et entrait en elle sans se donner la peine d'attendre qu'elle soit humide, assez humide pour le recevoir, état qu'il lui aurait été bien difficile d'atteindre d'ailleurs, tant son désir était inexistant. Il lui faisait mal, prenait ses plaintes pour du plaisir, ne s'en excitait que davantage et, au bout d'une minute ou deux, se cambrait et s'abandonnait au fond de son ventre avec un grognement animal. Il lui souriait, lui caressait la joue en plongeant dans le sien ce regard bleu qui n'avait plus rien de celui dont elle était tombée amoureuse. L'océan en était parti. Il ne restait plus que l'écume. « Ça ne va pas ? – Si, mentait-elle. – On est heureux, pas vrai ? » Et elle n'osait pas le contredire. Sans plus s'attarder, ou attendre ne fût-ce qu'une réponse, il se levait, remballait son sexe encore gonflé et goutteux, remontait sa braguette, remettait ses bottes dégueulasses, salissait à nouveau tout sur son chemin et repartait au travail jusqu'au soir.

Quelquefois, il se ravisait et revenait dans la chambre avant de partir, et alors l'espoir envahissait Rose. Elle l'imaginait s'asseoir sur le coin du lit, lui parler, lui avouer ce qui le tracassait, lui vendre une meilleure vie, lui proposer une sortie en amoureux, n'importe où, s'intéresser à ses attentes, à ce dont elle rêvait, à ce qu'elle aimerait partager avec lui. Mais il apparaissait dans l'encadrement de la porte : « Ce soir, j'aimerais manger du gigot d'agneau avec des flageolets. J'adore ça. » Il souriait puis disparaissait. Rose restait là, allongée, le regard vissé sur le plafond, écoutant la toux malade du tracteur qui se mettait en branle. Puis le silence qui venait l'étouffer comme un nuage de coton, comme un oreiller que l'on aurait plaqué sur son visage. Elle allait dans la salle de bains, se lavait l'entrejambe assise sur le bidet, comme un automate, vide de pensées, en regardant le mince filet de sperme disparaître dans le trou d'évacuation.

Le soir, il avait son gigot, bien qu'elle ne fût pas grande cuisinière et qu'elle dût perdre deux heures à chercher des recettes dans les livres que lui avait laissés sa mère. Elle se demandait parfois si, au-delà du plaisir de manger un bon gigot, une lotte à l'armoricaine ou un bœuf Stroganoff, il ne choisissait pas ces mets simplement pour la voir sombrer, se donner du mal, essayer et échouer, pour pouvoir mieux user de son pouvoir de critique. Car s'il ne cuisinait jamais, il avait en revanche toujours un avis, et pas des plus plaisants ou des plus constructifs, sur les plats de sa jeune épouse. « C'est pas très bon, chérie, et c'est pas joli à voir. Je croyais que toutes les femmes savaient cuisiner… » « C'est froid ! – C'est normal, Christian, tu viens de passer une demi-heure à mettre de l'engrais dans le champ de tomates alors qu'on allait passer à table ! – Eh bien, t'aurais pu le réchauffer. » « Ma mère le fait d'une autre manière. » « C'est trop salé ! Tu veux m'empoisonner ? » Elle se mordait la langue pour ne pas lui répondre ou lui balancer l'assiette en pleine figure. S'il n'était pas content, il n'avait qu'à aller au restaurant, ou cuisiner lui-même. Il s'excusait toujours, mais le mal était fait, les mauvais mots étaient dits. Il se levait, se plaçait derrière elle, qui demeurait assise, la prenait de ses grosses mains rêches par la taille, remontait jusqu'aux seins et l'embrassait dans le cou. Comme si elle avait encore eu envie de lui après qu'il lui avait dit cela, elle qui n'avait déjà jamais envie de lui. Elle se dérobait, se levait et commençait à débarrasser la table. Alors il se vexait et s'en allait faire sa sieste dans sa chambre. Un monde les séparait.

Christian n'était peut-être pas superstitieux mais il faisait le signe de croix avec le couteau sur le pain avant de le couper, parce qu'il l'avait toujours vu faire dans sa famille. Et gare à Rose si elle posait la baguette à l'envers sur la table. Au Moyen Âge, c'était la pièce de pain que l'on réservait au bourreau. Christian la remettait à l'endroit avant de la fusiller du regard, qu'il agrémentait ensuite d'un sourire, comme s'il y eût deux personnes en lui, une mauvaise et une bonne, et que l'une s'exprimât après l'autre.

Rose comprit assez rapidement que Christian n'attendait rien de leur relation. Il ne faisait aucun plan qui n'ait trait à ses pêches, ses figues, ses prunes, ne gagnait de l'argent que pour le dépenser dans l'achat de nouvelles terres, qu'il transformerait en cultures, ou de flambants tracteurs. Il ne l'avait prise comme compagne que pour satisfaire ses besoins matériels. Les repas, le ménage et le sexe, la compagnie aussi, pour ne pas être seul, c'était bien cela, il ne cherchait rien de plus que la compagnie d'un animal domestique, tout ce qu'aurait pu lui donner un chien. Car en dehors de cela, il n'y avait rien.

Le jeune homme travaillait toute la journée, jusqu'à point d'heure, prétextant toujours des semailles ou des récoltes à venir. Le soir, il s'endormait sur le canapé. Sa conversation était inexistante. Il ne l'emmenait jamais à la ville faire les boutiques, ils n'allaient jamais se promener ensemble, ne fût-ce que dans les vergers, ne prenaient jamais de vacances. « Les fruits, c'est tous les jours ! disait-il quand elle le lui reprochait. Je travaille pour nous. Pour que nous soyons heureux. » Là, il la prenait dans ses bras, résigné, impuissant, et s'excusait de n'être qu'un vulgaire agriculteur, qu'un cul-terreux. Il excellait dans l'art de se plaindre, de bourreau il devenait victime. Il reconnaissait toutes ses erreurs, se montrait dur envers lui-même, maniait avec maestria l'autocritique, la fausse modestie, grossissait le trait pour qu'elle le taise d'un doigt sur les lèvres quand il en faisait trop. Alors elle culpabilisait. Et c'est elle qui finissait par s'excuser.

Elle n'avait que vingt-deux ans et se demandait si cela allait être sa vie.

Quand on aime la vie, on ne lit pas.

Christian tenait l'exemplaire de *Madame Bovary* dans la marge duquel Rose avait écrit cette phrase à la main. Il avait trouvé le roman sur la table de chevet et le brandissait devant elle comme un torchon sale.

– Qu'est-ce que ça veut dire ? Que tu n'aimes pas la vie ? Puisque tu passes tes journées à lire…

Il esquissa une grimace de dégoût teintée d'incompréhension. Il était apparemment le seul à ne pas s'apercevoir qu'il ne rendait pas sa femme heureuse. C'est l'apanage des gens qui ne voient qu'eux. Rose aurait voulu lui expliquer que ce n'était pas *la* vie qu'elle n'aimait pas, mais *sa* vie, la vie qu'il lui offrait à ses côtés, mais pouvait-il seulement saisir la nuance ?

– C'est juste des phrases que j'écris, des pensées, des phrases que je trouve belles.

– Des phrases que tu trouves belles ! cracha-t-il sur le ton de la raillerie. Tu as vraiment trop de temps libre !

Il jeta un coup d'œil plus méprisant qu'intéressé sur

le résumé du livre qui figurait en quatrième de couverture. « Élevée dans un couvent, Emma Rouault rêve de la vie des princesses qui peuplent les romans à l'eau de rose qu'elle dévore pour éviter l'ennui. Elle épouse alors le docteur Bovary, qui ne lui offre finalement qu'une vie monotone. »

Christian jeta le livre par terre comme il aurait craché au sol et retourna dans la chambre. Rose se baissa et ramassa, aussi délicatement qu'elle aurait recueilli un petit oiseau blessé dans le creux de sa main, le roman dont la jolie couverture venait de se déboîter sous le choc. Elle se demanda pourquoi tant de rancœur habitait cet homme. Cet homme qu'elle venait de prendre pour mari et avec qui elle devrait partager sa vie jusqu'à la fin de ses jours. Elle alla reposer le livre sur l'étagère du salon, s'assit sur le divan et attendit d'entendre les ronflements de Christian pour aller se coucher à son tour.

Quand on aime la vie, on ne lit pas. Rose se réfugiait dans la lecture pour essayer d'oublier cette vie morne pour laquelle elle venait de signer. En contrepoids du piège de la vie maritale qui se refermait sur elle, elle voulait vivre des aventures extraordinaires. Bien qu'il lui faille ne jamais quitter son divan.

Elle relisait l'*Iliade*, découvrait *Les Trois Mousquetaires*, visitait l'Alhambra avec Irving. Cette existence parallèle, qu'elle avait entretenue depuis son enfance, lui était désormais nécessaire pour ne pas sombrer.

Elle commençait à comprendre maintenant pourquoi

sa mère avait gardé son travail après son mariage. Sortir, voir des gens, ne pas rester seule à la maison dans l'attente d'un homme qui ne demanderait d'elle qu'une assiette pleine et qu'elle écartât les cuisses.

Sa maison était devenue une cage dorée, une prison, ou, pour user d'une métaphore plus appropriée à son nom, un barrage à sa rivière. Et depuis ce jour-là, comme toute prisonnière, comme toute rivière contenue, elle n'eut qu'une seule idée en tête, s'échapper.

Comme si l'indifférence, la rudesse, la vulgarité ne lui eussent plus été suffisantes, Christian s'était mis à boire, devenant plus susceptible et violent encore dans son langage et ses manières. Il s'était laissé entraîner par les amis, tous des ivrognes aguerris et notoires, qui se retrouvaient après le travail dans les bars jusqu'à ce que l'heure du dîner sonne, ou que leurs femmes, lasses d'attendre et de manger la soupe froide, débarquent pour les ramener à la maison. Il s'était mis à jouer aussi, dépensant des sommes folles aux cartes. Il n'y avait rien d'autre à faire dans le coin, une fois le labeur achevé. La campagne entre M. et P. était devenue le réceptacle d'une jeunesse héritière des tares, l'alcoolisme et la violence pour ne citer qu'elles, de la génération précédente, comme autant de Rougon-Macquart qui auraient sauté des livres de Zola à la réalité.

Christian rentrait tard le soir. Rose entendait le tracteur avec lequel il était allé directement au café, et elle savait ce qui allait se passer. Il mettrait une heure pour monter les escaliers de la maison puis pour ouvrir la porte. Il se cognerait contre les murs, jurerait fort.

Rose suivrait sa progression, les yeux ouverts dans le noir de la chambre, blottie contre le polochon, entre les draps, tremblant, redoutant ce qui était sur le point d'arriver. Il ouvrirait la porte en hurlant, avant de s'esclaffer : « ROSE ! » Il tituberait jusqu'au lit où il se laisserait tomber comme un poids mort et c'est le matelas qui vibrerait jusque dans les os de la jeune femme. Elle sentirait son haleine alcoolisée, l'odeur anisée et écœurante des liqueurs, mêlée à celle de la transpiration et du tabac de son maillot de corps, et quelquefois du vomi.

Quand il lui restait encore un peu de force, ce qui n'était heureusement pas souvent le cas, ses mains la cherchaient dans les draps, qui s'entouraient autour d'elle comme autant de serpents. Ses mains sales, qu'il ne prenait jamais le temps de laver. « Les mains qui travaillent la terre ne sont jamais sales », lui disait-il toujours. Ses doigts dégueulasses, donc, qui la pelotaient, l'exploraient, la griffaient, malaxaient ses tétons sans la moindre délicatesse, se glissaient avec empressement et maladresse sous sa culotte, avec le prétexte de mots doux lancés à la va-vite. « Tu es belle », lui disait-il alors qu'il ne la voyait même pas dans la pénombre, « je t'aime », continuait-il sans même en connaître la signification. Tout en lui chuchotant ces mots, il fourrait ses doigts dans son sexe comme on essaie d'attraper par la fente d'une boîte aux lettres le courrier qui s'y trouve quand on a la flemme d'aller chercher la clef. C'était évident, Christian n'avait pas la clef de Rose. Et ses doigts, c'était sa seule manière de la posséder lorsqu'il était trop saoul pour avoir une érection.

– Tu es un plouc, Christian ! lui dit-elle un jour où elle trouva assez de force pour s'opposer à lui. Tu es comme les autres !

– Qui ça, les autres ? demanda-t-il, en proie à une nouvelle crise de jalousie.

– Les hommes d'ici. Des soûlards qui frappent leur femme. Vous ne savez toucher un cœur qu'en le froissant.

Il haussa les sourcils.

– « Vous ne savez toucher un cœur qu'en le froissant », répéta-t-il en prenant une petite voix moqueuse. Dans quel bouquin tu as été trouver ça ? Plains-toi, je t'ai déjà frappée ?

– Non, mais...

– Jamais je ne te frapperai. Jamais, tu m'entends !

– Tu me frapperas avec une ceinture, comme ils le font tous. Parce que vous êtes tous comme ça. Parce que vous naissez tous comme ça, ici !

Elle avait raison, ici, les ceintures servaient moins à tenir les pantalons qu'à réprimander les femmes et les enfants, quand ce n'était pas le bétail. Et encore, on avait un peu plus de respect pour les bêtes car elles, au moins, rapportaient de l'argent et n'ouvraient jamais la bouche.

– Jamais je ne te frapperai, dit-il, cette fois-ci nettement moins convaincu.

– Où est passé le Christian qui m'a plu avant le mariage ? Qui m'a séduite ? Qui a trouvé le courage de venir jusqu'à moi ? A-t-il seulement existé ? Je croyais que tu étais différent mais tu n'es qu'un plouc ! Oui, un plouc !

Peut-être ne cherchait-elle qu'à allumer la mèche, qu'à provoquer une réaction. Elle y parvint. Et cette vérité crachée à sa figure le mit hors de lui. Son regard devint noir, son souffle rapide, les veines de son cou semblèrent sur le point d'exploser.

Alors, Christian leva sa main, qu'il referma en un énorme poing. Il fut sur le point de le lui balancer en pleine joue. Il expira fort, baissa le bras et s'en alla. Ce ne serait pas encore pour aujourd'hui.

Rose se réfugiait de plus en plus dans son monde littéraire, lubie que Christian ne voyait pas d'un bon œil. En plus d'être de l'argent, *son* argent, jeté par les fenêtres, cette oisiveté était un manque de respect vis-à-vis de lui, un crachat sur lui, qui travaillait si dur, qu'il ne tolérait pas. « Tu ne fous rien de tes journées ! » lui lançait-il, parce que pour lui, nettoyer, cuisiner, repasser, ce n'était pas travailler. Et si elle pouvait encore trouver le temps de lire après cela, c'est qu'elle n'avait pas bien nettoyé, ou qu'elle pouvait venir cueillir les pêches avec lui. « Moi, je travaille, j'ai droit au respect ! Toi, tu ne travailles pas ! » Voilà qu'il lui reprochait cela même qu'il l'avait forcée à faire, abandonner son poste de couturière pour ne plus s'occuper que de lui.

Tant et si bien que, lorsque Rose entendait le tracteur arriver dans l'allée, aux alentours de midi, ou le soir, elle lâchait prestement le livre qu'elle était en train de lire, disait au revoir à ses amis de papier, Mme de Rênal, l'ennuyeuse mais si semblable Emma Bovary ou l'exquis Julien Sorel, et se précipitait aux fourneaux ou attrapait un balai pour se donner une contenance, et elle ne pouvait s'empêcher de penser à Cendrillon.

Christian entrait, la jaugeait du regard quelques secondes, comme s'il se doutât de quelque chose, puis passait à table sans se laver les mains. « Les mains qui travaillent la terre... »

Il lui annonça qu'il partirait à V. le lendemain pour acheter un nouveau tracteur. V. était connue pour ses jolis canaux, ses ponts décorés, ses terrasses ombragées, ses restaurants et ses allées fleuries. Un sursaut, une étincelle, secoua Rose. Mais, avant que l'étincelle ne devienne flamme, Christian souffla dessus avec la vigueur d'une bourrasque. Bien sûr, elle ne l'accompagnerait pas, elle devrait rester ici pour s'occuper de la maison, surveiller que les saisonniers arrosent bien les pêchers, les vignes, les tomates. La campagne, c'était comme ça. Quelqu'un devait se sacrifier. Et pour une fois, mesurez toute l'ironie de la chose, ce serait elle.

À quelque chose malheur est bon. Ce furent là les trois jours les plus heureux de Rose. Qu'elle occupa, bien évidemment, à lire. Et à prendre soin d'elle. Elle alla se promener à M., visita sa mère qu'elle n'avait pas vue depuis son mariage, passa des heures à ne rien faire, à ne strictement rien faire.

Quand son mari rentra enfin, trois jours après, au volant de son rutilant engin, fier comme un soldat entrant dans une ville libérée sur un joli tank, elle affecta de la préoccupation.

– Je me suis fait un sang d'encre ! Tu m'avais dit deux jours !

– Au lieu de me faire des reproches, tu devrais plutôt me dire que tu es contente de me retrouver ! répondit Christian, qui ne pensait qu'à une seule chose en voyant la peau claire de sa femme dépasser de son tablier de cuisine.

Il était trempé (il avait plu toute la journée), il sentait le chien mouillé et ses bottes étaient encore plus boueuses que d'habitude. Il se rendit aux toilettes et elle put entendre le jet dru d'urine qui ricochait dans le fond d'eau de la cuvette. Plus cela faisait de bruit et plus il affirmait son statut de mâle dans cette maison. Elle trouvait cela ridicule. Il était l'homme, elle était la femme, pourquoi toujours vouloir le lui rebattre ? De la manière la plus écœurante qui soit, en plus. Leurs mondes se distanciaient l'un de l'autre. Il y avait entre eux comme une ligne de partage des eaux. Plus elle lisait, plus elle pénétrait des salons raffinés, comme celui de Mme Verdurin, et plus elle creusait l'écart qui la séparait de son cul-terreux de mari et ses mauvaises manières.

– Pourquoi es-tu comme ça, Christian ? Qu'est-ce qu'il nous est arrivé ?

– Je suis toujours le même. C'est toi qui as changé.

– Moi ? Tu plaisantes ?

– Je me démène au travail pour que tu ne manques de rien, et toi, tu me reproches toujours plein de choses.

– Mais je manque du principal, Christian, je manque d'amour ! Je manque de… tendresse, de parler avec toi, de faire des choses avec toi, que l'on soit un vrai couple. J'essaie de m'appliquer pour te préparer des plats qui te plaisent, je… j'entretiens cette maison pour que tu n'aies rien à faire une fois ici, qu'à te reposer, mais regarde-nous, Christian, tu te mets en colère pour un rien, tu me traites comme ta bonne, je passe mes journées seule… Tu ne prends aucun week-end, pas même une journée pour être avec moi, et tu pars trois jours pour acheter un nouveau tracteur alors que l'ancien allait aussi bien, comprends-moi !

– Je te promets que je t'emmènerai un jour quelque part.

Elle voulut dire quelque chose mais demeura silencieuse.

– Je te le promets, Rose.

Elle le trouva tendre, d'un coup, changé, sincère. Elle s'approcha de lui et le prit dans ses bras pour le sentir tout contre son corps. Son geste n'était que de tendresse mais il l'interpréta de tout autre manière, de la manière dont les hommes interprètent le moindre rapprochement, surtout après trois jours d'abstinence. Prenant sa délicatesse pour une envie physique, il commença à la peloter, tira sur son tablier de cuisine et son décolleté pour mettre à nu ses jolis petits seins, souilla sa peau blanche de ses gros doigts terreux. Puis, dans un même mouvement, il la retourna, la plaqua contre le mur, lui releva la robe et écarta sa culotte. Il la pénétra par-derrière à grands coups de reins, croyant affirmer sa virilité à chaque saillie alors qu'il ne faisait montre que de violence. L'homme civilisé était redevenu un sauvage. Il sentait la transpiration, n'avait pas pris de douche, mais Rose décida de se laisser faire pour ne pas tout gâcher.

– Tu m'emmèneras où ? lui demanda-t-elle pendant qu'il la prenait.

– Où tu voudras.

– À Paris ? À Londres ?

Forniquer pour un voyage. Voilà ce à quoi son mari l'avait réduite. Une pute. Il accéléra la cadence, plongea ses doigts entre les jambes de Rose pour labourer sa toison. Mais il lui faisait plus mal qu'autre chose tant ses gestes étaient violents et maladroits. Elle simula du plaisir, là où il n'y avait que douleur, haleta sous la saillie, là où il n'y avait que souffrance, inventa des sonorités qu'elle n'avait encore jamais émises pour le complaire et qu'il jouisse vite. Avant d'éjaculer, il se retira d'elle, la prit par les épaules et la retourna d'un geste brusque. Il attrapa ses petits poignets et les tira vers le bas, l'obligeant à s'agenouiller à ses pieds. Mue par la surprise de l'acte, plus que par l'envie, elle prit dans la bouche son membre qui sentait fort l'urine et reçut aussitôt son abondante semence au goût amer au fond de la gorge, sans autre alternative que de devoir l'avaler, chose qui la répugnait, pendant qu'il râlait comme un porc et se cambrait.

Ce soir-là, ils dînèrent en silence puis allèrent se coucher. Le lendemain, Christian devait se lever tôt pour partir cultiver les terres et rattraper le temps qu'il venait de perdre avec l'achat de son nouveau tracteur. Il ne pensait ni à Paris ni à Londres. Il venait d'entrer dans l'engrenage des promesses qu'il ne tiendrait jamais.

– Si tu savais comme je m'ennuie ! s'exclama Rose un jour à table.

Elle s'attendait à une réprimande mais Christian la regarda en souriant, comme si elle avait été une bête curieuse.

– Si tu t'ennuies tant que ça, fais-nous donc un gosse, ça t'occupera.

En disant cela, les yeux de l'homme reprirent, le temps d'un éclair, leur belle lueur d'autrefois. Pour une poignée de secondes, l'océan était revenu.

Quelques jours passèrent, le temps que l'idée fasse son petit bonhomme de chemin dans l'esprit de Rose. Au milieu des vergers, les jours étaient des siècles. Les semaines, des éternités. Elle accepta donc. De toute manière, elle n'avait rien d'autre à faire.

Christian ne l'avait emmenée ni à Paris ni à Londres, juste à M. Un soir, ils allèrent au restaurant, un restaurant espagnol. C'est elle qui le choisit. Pour avoir l'impression de voyager un peu. Puisqu'il ne voulait pas l'emmener en Espagne, ce serait l'Espagne qui viendrait à elle. Ce fut de retour à la maison qu'ils pensent que leur enfant fut conçu. Ils le pensent car ils n'en sont pas bien sûrs. L'alcool avait coulé à flots. Rose en avait profité pour perdre un peu la tête. Oui, perdre la tête de temps en temps, surtout lorsqu'on n'était pas heureuse, cela faisait du bien. Une nuit d'amour donc. Mais toujours sans aucune jouissance et avec un peu plus de peur dans la chair.

J'interrompis ma lecture.

À cet endroit-là du journal, plusieurs pages avaient été arrachées. De la pointe de mes ongles, je fouillai la racine de la reliure comme j'aurais recherché des poux dans une chevelure. Je pus en comptabiliser une dizaine. Cette pause de quelques secondes me fit du bien. J'étais bouleversée par le récit, sonnée par le coup de poing que représentait le témoignage de Rose.

Cependant, malgré la dureté du propos, je n'avais qu'une envie, me replonger dedans. Le récit reprenait d'une écriture plus tremblante, laissant augurer du pire.

C'est alors que se produisit l'épisode de la bête.

Lorsqu'il la vit franchir en pleurs le seuil de la brigade, le regard affolé, la robe déchirée et les poignets couverts de marques, le garde champêtre crut qu'on avait essayé de la violer, ou qu'on y était parvenu.

Il écouta, d'une oreille attentive et inquiète à la fois, le récit désordonné de cette jeune femme, que des pleurs et des hoquets entrecoupaient comme de grosses pierres gênent le cours impétueux d'un ruisseau, comprit, quelque peu soulagé, qu'il s'était fourvoyé, que ce n'était pas là l'œuvre d'un humain mais d'une ignoble bête sauvage, ce qu'il ne trouva pas moins grave mais moins fâcheux, et dépêcha aussitôt deux amis chasseurs, armés de fusils et d'un berger allemand, pour battre la forêt à l'endroit signalé. Avant de les rejoindre, le fonctionnaire confia Rose Rivières au médecin de P. afin que lui soient administrés les premiers soins et qu'on la réconforte, au passage, car elle paraissait fort choquée.

Lorsqu'il arriva au lieu-dit La Souterrane, les hommes

lui montrèrent ce qu'ils y avaient découvert. Très peu de choses en réalité. Quelques branches d'arbustes cassées, signes manifestes d'une lutte entre la jeune femme et l'animal, ainsi que quelques gouttes d'un sang noirâtre découvertes par Fakir sur une pierre, celle dont elle s'était servie pour le faire fuir. Mis à part cela, le chien n'avait trouvé aucune piste à suivre. Pour le récompenser, on lui fourra un os dans la gueule. En proie à une excitation que l'on ne lui avait encore jamais vue, il aboya encore quelques instants.

Les trois hommes rentrèrent bredouilles, mais non sans espoir, alors que le jour commençait à décliner. Si un animal féroce se tapissait dans l'épaisse végétation des environs de M., on ne tarderait pas à le débusquer ou il finirait par s'enfuir.

Tout le monde crut à la bête sans se poser plus de questions. On la chercha quelques jours et puis, ne la trouvant pas, et puisqu'il n'y avait pas eu de nouvelles victimes, on passa à autre chose. Mais l'origine des coups qu'avait reçus Rose, l'origine des traces que portaient ses poignets et ses bras était bien humaine.

Ce fut le coup de trop, et Rose décida de rompre.

Un jour, Rose reçut la visite de Maryse, la sœur de Christian, qui aimait plus la jeune femme que son propre frère. La nouvelle venue passa ses doigts sur les hématomes qui demeuraient sur les avant-bras et les poignets de Rose. Elle devina tout de suite.

– Les hommes sont tous faits dans ce moule, ici, dit Maryse, comme une mère expliquant la vie à sa fille. Ici, le prince charmant a une ceinture en cuir dans une main et un verre de vin dans l'autre. Enfin, dans le meilleur des cas ; j'en connaissais un qui avait une ceinture dans chaque main…

Elle sourit, usant de la plaisanterie pour émousser les souffrances d'un sujet grave. Rose baissa les yeux, comme si elle se souvenait de choses terribles, puis elle les releva.

– Oh non, ce n'est pas Christian qui m'a fait ça. C'est… une bête sauvage.

– Une bête sauvage, c'est exactement ce que je dis. Ma pauvre Rose, tu peux être sûre que tu n'iras jamais à Paris ou à Londres, ajouta-t-elle, soufflant comme un château de cartes le nouveau monde construit d'espérances de sa belle-sœur.

Maryse était seule. Elle en venait quelquefois, rarement il faut bien le dire, à regretter la présence d'un homme chez elle, plus pour la sécurité que pour autre chose (mais qui vous protège de l'homme censé vous protéger ?), elle avait besoin d'un homme car quelquefois elle avait peur la nuit. Cependant, plus jamais elle ne pourrait faire confiance à l'un d'eux. Elle, modelée par les mâles, vivrait solitaire jusqu'à la fin de sa vie maintenant. Et peut-être plus heureuse.

– Mieux vaut être seule que mal accompagnée, ma chérie.

Christian n'aimait pas que son épouse reçoive ces visites familiales, à la suite desquelles germaient, dans son esprit de bonne femme, des idées de révolte, incompatibles avec la vision qu'il se faisait d'une épouse modèle et donc soumise. Il le voyait tout de suite quand il arrivait et hurlait son prénom : « Rose, mes pantoufles ! », car le prénom de sa femme était désormais toujours accompagné d'autres mots, « Rose, mes pantoufles, Rose, le repas, Rose, un câlin ! », et qu'elle répondait : « Je ne suis pas ta bonniche ! ». Alors il savait que sa sorcière de sœur était venue dans l'après-midi lui retourner le cerveau.

Le 21 décembre, la jeune femme, alors âgée de vingt-quatre ans, accoucha d'un beau petit garçon de 3,650 kilos. Ils l'appelèrent d'un commun accord Edmond (Rose venait de terminer la lecture du *Comte de Monte-Cristo*).

Rose était ravie. Ce petit bout d'elle à qui elle pourrait donner tout son amour. Ce petit bout d'elle qui ne la quitterait jamais. La complicité d'une mère et de son enfant qui se lèvent, unis, contre le monde, qui se suffisent, qui dressent entre eux et les autres un haut mur indestructible. On sera plus forts que tout le monde, notre amour résistera aux autres et au temps qui passe, pensa-t-elle, comme elle l'avait pensé avec Christian au début de leur mariage. Sauf que l'amour maternel ne s'éteint jamais, lui. Et puis, oui, ça l'occuperait, car au milieu des pêchers, elle s'ennuyait tellement.

Christian, lui, demeurait perplexe. Il avait regardé horrifié ce petit être, sans oser le toucher. Il avait regardé Rose, puis le bébé. Il avait sorti une cigarette de la poche de sa chemise et s'était mis à fumer, nerveusement. Elle lui avait dit : « Embrasse ton fils, prends-lui la main. » Il avait jeté un « Tu plaisantes ? D'où sort ce monstre ? Et je n'aime pas comme il me fixe ! Regarde-moi ce nez, regarde-moi ces cheveux ! ». Oui, son sentiment face à Edmond avait été un sentiment de dégoût. Mais il n'avait rien dit d'autre et était sorti de la chambre, laissant Rose triste et désemparée.

De légères complications, une hémorragie du post-partum en l'occurrence, obligèrent Rose à rester alitée quelques jours, ce qui déplut grandement à Christian car qui s'occuperait de la maison ? des repas ?

Christian n'était plus entré dans la chambre depuis la naissance du petit. Il dormait dans le lit de la chambre d'amis. Il avait rongé son frein en travaillant le double. Il ne pouvait pas y croire. Qu'est-ce que c'était que cet enfant ? Il décida tout de même de surmonter son dégoût pour aller les voir. Après tout, c'était sa femme. Et lui était un mari qui commençait à avoir des besoins. Des besoins physiques. Il se souvint de sa passion pour les livres et, pour l'amadouer, alla en chercher un sur les étagères du salon. Il lui tendrait l'ouvrage puis la couvrirait de baisers, elle ne pourrait alors pas refuser ses ardeurs, de s'affranchir de son devoir conjugal. Et ce fut en prenant ce livre, *Du côté de chez Swann*, qu'il fit tomber la feuille de papier qui amorcerait le drame et mettrait le feu aux poudres.

CERTIFICAT MÉDICAL INITIAL
Constatation de coups et blessures

Je soussigné A. Bonnin, docteur en médecine officiant à P., certifie avoir examiné ce jour à 15 h 05, Mme Rose Rivières, 24 ans, qui me dit avoir été victime d'une attaque de « bête sauvage » dans le bois au lieu-dit La Souterrane.

À l'examen, je constate :
- des hématomes sur les avant-bras (indiquant un réflexe de défense) et d'importantes marques sur les poignets ;
- un état d'angoisse et de choc important nécessitant un appui psychologique.

Je note, en outre :
- que la robe de la victime a été arrachée ;
- une importante irritation cutanée sur le cou, les bras et avant-bras due à l'application de parfum (la victime indique qu'il s'agit de N° 5 de Chanel).

La patiente m'informe être enceinte d'environ quatre mois.

En l'occurrence de quoi j'estime la durée d'interruption totale de travail à dix (10) jours renouvelables selon l'évolution psychique de la patiente.

Fait ce jour et remis en main propre à l'intéressée pour faire valoir ce que de droit.

Comme nous l'avons déjà dit, les complications du post-partum obligèrent Rose à passer Noël dans son lit. Christian, incapable de se préparer à manger, et encore moins pour sa femme, avait fait appel aux services d'une certaine Mathilde Granier, une gentille dame qui cuisinait, pour trois fois rien, de bons petits plats chez elle et venait les servir directement à domicile avec sa fille Muriel.

Christian entra dans la chambre le matin du 24 décembre avec un ours en peluche pour Edmond et un petit paquet pour sa femme.

– Un voyage à Paris ? Ou à Londres ? demanda Rose, des étoiles plein ses yeux fatigués et cernés.

Mais l'emballage était bien trop gros pour que ce soit des billets de train ou de bateau. Le jeune agriculteur ne répondit pas. Elle ôta délicatement les rubans et le papier comme s'ils eussent été le cadeau lui-même.

– Je n'ai rien pour toi, dit-elle navrée, enfin, sauf Edmond, bien sûr !

Elle découvrit un flacon d'eau de parfum. N° 5 de Chanel. Elle eut un réflexe de recul, de surprise, puis se recomposa. Elle sourit pour cacher son embarras. C'était un cadeau hors de prix et elle ne put s'empêcher de trouver cela touchant. C'était tellement merveilleux qu'il ait eu cette attention. Christian devenait-il plus attentionné avec cette naissance ? La vie de Rose prendrait peut-être un tout autre sens, bien plus heureux qu'avant. Comme quoi, dans la vie, il ne fallait jamais désespérer.

– Merci, Christian, c'est un beau cadeau, j'aime beaucoup.

Et pour le prouver, elle s'en vaporisa sur le cou. L'odeur, telle une madeleine de Proust, la transporta aussitôt en ce début d'après-midi d'août, quand la bête l'avait agressée. Elle eut un petit frisson puis elle le regarda en forçant un sourire. Il semblait attendre autre chose, mais elle ne lui posa pas la question. Peut-être était-ce un baiser… Elle s'inclina vers lui et ils s'embrassèrent. Lorsqu'elle retira sa bouche, il demeurait impassible, un petit sourire énigmatique sur ses lèvres humides.

Elle allait lui demander ce qu'il se passait lorsqu'on frappa à la porte. On leur apportait le dîner.

– Je suis tombé sur le certificat médical du docteur, dit enfin le jeune homme alors qu'ils dégustaient le plateau-repas de réveillon que leur avait concocté Mme Granier, elle dans son lit, lui sur le fauteuil.

Elle crut qu'il lui parlait de l'accouchement.

– Ce n'est rien. Le médecin m'a dit que mes jours ne sont plus en danger. Ils ont résorbé l'hémorragie.

– Je parle du jour de l'attaque de ta bête sauvage, rectifia-t-il.

Et il nota un léger frisson qui parcourut le corps de Rose. Comme si on eût tout à coup ouvert une fenêtre.

– Tu fouilles dans mes affaires maintenant ?

– Il est tombé de ton livre ! De ce livre ! s'exclama-t-il en signalant d'un geste empli de dédain le roman de Marcel Proust.

– Ne parle pas si fort, tu vas réveiller Edmond, dit-elle en s'assurant que leur enfant, couché à côté d'eux dans le berceau, dormait toujours.

– Alors quoi, tu ne vas pas me raconter ?

– Te raconter quoi ?

– Qu'est-ce que tu faisais à te balader dans les hautes herbes de La Souterrane, à P., badigeonnée de parfum de riche ?

– Badigeonnée de parfum de riche ?

Il devait attendre ce moment-là, car il produisit le document à la vitesse où un tricheur de poker fait apparaître un as de pique dans la paume de sa main.

– « Une importante irritation cutanée sur le cou, les bras et avant-bras due à l'application de parfum (la victime indique qu'il s'agit de N° 5 de Chanel) ». Depuis quand tu te parfumes avec du parfum de luxe pour aller te balader dans les bois, hein ?

La question désarçonna la jeune femme qui roula de grands yeux en finissant de mâcher, non sans difficulté, son médaillon de veau. Alors elle comprit pourquoi il venait de lui offrir ce cadeau. Qui était cet homme qui se complaisait de la douleur des autres ? De la douleur de la personne qu'il était censé aimer le plus au monde ?

– Le garde champêtre m'a posé la même question. Je me fais attaquer, et presque tuer, par un fauve sorti je ne sais d'où et tout le monde s'intéresse à mon eau de toilette !

– Et tu lui as répondu quoi ?

– Qu'est-ce que ça peut te faire ?

– Réponds ! grogna-t-il, le regard noir.

Alors elle eut envie de le faire souffrir. Lui rendre, pour une fois, la monnaie de sa pièce.

– Que j'avais rendez-vous avec un garçon.

– Tu avais rendez-vous avec un garçon ? répéta-t-il comme si ce fût là la chose la plus insolite qu'il lui ait été donné d'entendre.

Mais au fond de lui, il savait déjà. C'était d'ailleurs pour cette raison qu'il était devenu fou en découvrant le papier. Parce qu'il s'en doutait. Ce ne pouvait être que pour un homme qu'elle s'était aspergée de parfum.

– Alors c'est pour ça que tu t'es radinée dans la forêt en cocotte de luxe.

– En cocotte de luxe ?

– En pute !

Rose accusa le coup, ouvrit des yeux médusés.

– Mais tu es fou, Christian ! Qu'est-ce qu'il t'arrive ? Ne me traite plus jamais de… Surtout devant notre fils !

– Et peut-on savoir qui c'était ?

Elle hésita.

– Un garçon de M.

– Il te faisait jouir, lui ?

C'était sorti tout seul. Rose douta que cette question attendît une réponse, mais, après un moment de stupeur, elle y répondit quand même.

– Oui, répondit-elle. Et c'était merveilleux.

Christian devint fou de rage. Il jeta son plateau par terre, se leva de son fauteuil et se posta au-dessus d'elle, la dominant de toute sa hauteur.

– Qui c'est ?

– Tu ne connais pas.

– Qui ? hurla-t-il.

Cette fois, le nouveau-né se réveilla et pleura.

La jeune mère prit son bébé et l'attira délicatement contre sa poitrine, ce qui eut pour effet de l'apaiser pendant que Christian les regardait comme deux inconnus ou deux étrangers, les yeux pleins de haine.

Puis il haussa les épaules et se dirigea vers la porte.

– Qu'est-ce que tu fais ? demanda Rose.

– Il faut que j'aille arroser les pêchers.

– Mais c'est le réveillon de Noël ! Et puis il est vingt-trois heures !

– C'est jamais Noël pour les pêchers. Demain, ils

annoncent de la neige et une baisse des températures, je n'ai pas envie qu'ils gèlent. Mais ça, tu t'en fous, tu ne t'intéresses qu'à ta petite personne.

– Ma petite personne ? Je te rappelle que je viens d'accoucher, Christian !

Il ouvrit la porte, la dévisagea avec un air de dégoût et signala l'assiette renversée par terre.

– Et tu me nettoieras cette porcherie ! lança-t-il avant de sortir et de claquer la porte.

Il ne revint plus la voir.

Le jour où elle sortit de sa chambre pour la première fois en un mois, il n'était pas encore rentré des vergers. La maison était sens dessus dessous et il régnait une odeur insoutenable. Elle se mit alors à nettoyer malgré ses douleurs au ventre. Quand il arriva à midi, il se plaignit que le repas n'était pas prêt. Il avait faim. Et elle avait intérêt à vite reprendre les bonnes vieilles habitudes.

Lorsque je refermai le journal intime de Rose, j'eus l'impression de revenir d'un long voyage. La transition entre les deux mondes, le sien, glacial, cruel, si triste, et le mien, me prit quelques instants. J'étais bouleversée, je tremblais, j'avais froid. Je posai le cahier sur ma table de nuit et me glissai dans les draps. J'éteignis la lampe, les ténèbres se firent et je fus assaillie par une intime conviction. Deux plutôt.

Christian Rivières avait assassiné sa femme.

Michel était innocent.

Maryse partageait mon sentiment.

Nous nous revîmes le lendemain. J'avais appelé le numéro qu'elle m'avait donné et nous nous étions fixé rendez-vous dans le café de notre première et unique rencontre.

Après avoir commandé deux thés, nous entrâmes dans le vif du sujet. J'informai Maryse de ma conviction. Elle me confirma qu'elle était parvenue à la même conclusion.

En soi, cela ne l'avait pas trop étonnée. L'assassinat, qui est pire que le meurtre car il y a préméditation, était l'acte qui manquait aux infamies dont Christian s'était rendu coupable tout au long de sa vie. Il avait un « sale caractère de tyran », me confia-t-elle, et bien qu'elle ne l'ait jamais vu faire de mal à personne, physiquement il s'entend, il pouvait avoir des mots d'une grande cruauté. Le journal de Rose apportait la preuve qu'il avait franchi ces derniers mois la frontière du verbe et s'était changé en brute. Ou en « bête », comme écrivait la pauvre jeune femme.

Je lui demandai pourquoi certaines pages avaient été arrachées. Maryse l'ignorait. Elle l'avait reçu ainsi.

– C'est dommage parce que c'est pile la transition qui manque et nous aurions ainsi pu comprendre le déclic, le moment où les mots n'ont plus suffi et où les mains, les poings, ont pris le relais, le jour où il a commencé à la frapper.

Maryse me rétorqua que l'on pouvait déjà fort bien comprendre, qu'il n'était pas nécessaire d'ajouter des mots à la cruauté.

– En me donnant ce journal, vous introduisez votre frère dans la machine judiciaire, je veux dire, vous témoignez en quelque sorte contre lui et tous les soupçons, toute l'enquête, vont désormais se focaliser sur sa personne. Ce que je veux vous dire, Maryse, c'est que votre frère pourrait être reconnu coupable de l'assassinat de Rose et finir derrière les barreaux, voire être condamné à la peine capitale…

Elle ne sembla pas choquée par mes propos.

– Pour que vous compreniez la nature de mes relations avec mon frère, disons que si j'avais pu choisir, j'aurais préféré avoir une sœur à la place : Rose.

– Vous ne vous entendez pas bien avec Christian ?

– Il m'indiffère au plus haut point. Et depuis que j'ai lu le journal de Rose, je le hais de tout mon cœur. Nous n'avons jamais été proches. Mon inimitié pour lui est née avec le décès de nos parents. Il s'est battu comme un chiffonnier pour avoir la maison, les terres, tout. Je suis l'aînée en plus. J'ai trouvé cela si mesquin. Mais vous savez, c'est généralement dans les questions d'héritage que l'on apprend à connaître les gens.

– C'est votre choix. Mais sachez qu'une fois que j'aurai parlé de Christian au juge Ajas, il sera impossible de faire marche arrière.

– Je vous l'ai dit, je n'ai plus de frère depuis longtemps. Et qu'un innocent paye à sa place me serait insupportable.

– Vous m'autorisez donc à présenter cette pièce au dossier ?

– Je vous en conjure, même. Bien sûr, si cela sert à quelque chose. Je pensais que la police n'écouterait rien qui ne vienne pas confirmer leur théorie sur Michel.

– Ce journal est une preuve que les choses entre Christian et Rose ne se passaient pas très bien. Un homme qui frappe sa femme finit bien souvent par la tuer, la police et la justice ne peuvent qu'être attentives à ce genre d'indices, Maryse. Au final, ils cherchent juste quelqu'un à se mettre sous la dent. Ils réclament une tête. Peu importe qu'elle soit noire ou blanche.

– Si vous le dites, asséna tranquillement Maryse, les yeux emplis d'étoiles et d'espoir.

En sortant du café, j'avais été assaillie par l'idée de courir jusqu'à la poste, d'entrer et de chercher Michel. « Oh, Michel, je le savais, je le savais ! » crierais-je en lui sautant au cou, faisant fi de tout ce que l'on pourrait penser de nous. Il serait d'abord surpris et ne saurait comment réagir devant mon assaut. « J'ai la preuve que tu es innocent et je t'aime ! » Alors il comprendrait, il rigolerait, oui, il éclaterait d'un rire que j'imaginais puissant, contagieux, enfantin, il lâcherait son balai, me prendrait par les hanches et me lèverait jusqu'à lui afin que nos lèvres puissent donner libre cours à tout ce désir qui nous brûlait depuis la première fois que nous nous étions vus dans sa cellule et que nous avions contenu jusqu'alors.

Il lancerait un au revoir à son patron de sa grande main et nous sortirions de la poste, nous tenant par la taille. Je sautillerais, guillerette, je serais la femme la plus heureuse du monde. En passant devant une épicerie, nous entrerions acheter un panier et partirions pique-niquer loin de la grande ville, comme ça, sur un coup de tête.

Une voiture klaxonna et je revins à la réalité.

Ce n'est pas le moment de me faire écraser, pensai-je, et je me dirigeai d'un pas dansant vers la poste.

Je trouvai Michel devant le grand bâtiment blanc. Il était assis sur le rebord d'un muret et fumait en regardant le ciel. Il baissa la tête et, me voyant traverser la rue dans sa direction, sourit.

– C'est la pause, me dit-il.

– Que diriez-vous d'une coupe de champagne ?

– À 11 h 30 ? s'exclama-t-il en souriant.

– Il est toujours l'heure de boire une coupe de champagne quelque part dans le monde…

Il éclata de rire, jeta sa cigarette dans le caniveau et remit en place sa jolie casquette.

Accoudés au comptoir d'une brasserie, le regard fixé sur les bulles qui remontaient, guillerettes, à la surface de nos coupes, j'annonçai à Michel la tournure qu'était en train de prendre l'enquête, sans pour autant lui révéler l'existence du journal intime.

– J'ai la preuve que vous n'êtes pas coupable, dis-je simplement.

Cela sembla l'amuser.

– Et vous ne voulez pas me dire quelle est cette preuve qui vous fait penser que je ne suis pas cet affreux assassin que tout le monde recherche ?

– Secret de l'instruction, me défendis-je.

– Je vois, je vois.

Il but la dernière gorgée de champagne. Du coin de l'œil, je vis ses grosses lèvres mordre le cristal. Il était aussi beau de profil que de face. Il sortit la bouteille du seau à glace et nous resservit.

– C'est donc cela que nous fêtons ?

– Cela ne vous paraît pas être une bonne raison ?

– Si vous êtes sûre de vous, alors oui.

– Je suis sûre de moi.

– Êtes-vous toujours aussi sûre de vous ?

– Je ne l'ai jamais été autant de ma vie.

Je me sentis rougir, car sans contexte on aurait pu prendre cette conversation, et mes paroles, pour une autre, de nature bien différente. Je saisis ma coupe et cachai mon visage derrière. À son tour, il observa mon profil pendant de longues secondes. Ne pouvant feindre plus longtemps, je reposai mon verre vide et me tournai vers lui.

– Je suis une femme qui réussit toujours à avoir ce qu'elle désire. Ou presque toujours, tempérai-je aussitôt.

– Et là, juste en ce moment, que désirez-vous le plus au monde ? me demanda-t-il en remplissant ma coupe sans détourner une seule fois son regard ténébreux de moi.

Et je me sentis fondre.

Je ne me souviens de la suite que par images saccadées. Mon esprit embrumé par le champagne. Je nous revois sortir de la brasserie. J'ai l'impression d'être collée à Michel, que tout le monde nous regarde, comme dans un rêve. Nous marchons dans la rue, je suis incapable de dire vers où. Je vois les mêmes façades, les mêmes trottoirs défiler devant mes yeux comme une lanterne magique. Quelquefois, j'ai l'impression que mes jambes ne me portent plus, que je vais m'effondrer, mais de forts bras me retiennent, m'empêchent de tomber. Michel me serre contre lui. Je n'ai jamais ressenti une telle sensation. Je me demande si c'est l'alcool qui turbine dans mes veines à une vitesse folle ou si c'est lui ou son parfum qui m'enivre, mais le vertige me saisit. J'ai l'impression d'être au sommet d'un immeuble de cent étages et de regarder vers le bas. Je ferme les yeux et je sens que je continue d'avancer, à l'aveugle, car Michel guide mes pas.

J'entends juste mes talons qui frappent les pavés,

les voitures, quelques voix, les bruits de la ville. Puis plus rien. Le silence. Nous sommes entrés quelque part. J'ouvre les yeux. Je vois un escalier, nous montons. Une porte, qui s'ouvre. Un couloir noir qui s'allume. Une chambre que je ne connais pas. Un lit. Les bras puissants de Michel me lâchent. Je tombe des cent étages.

Lorsque j'ouvris les yeux, la nuit était sur le point de tomber. Mon regard était dirigé vers une fenêtre. J'étais couchée sur un lit. Nous étions en fin d'après-midi. Je réalisai brusquement que j'étais demeurée inconsciente depuis le moment où nous avions quitté la brasserie. Puis je me rappelai notre trajet, les escaliers, le couloir et la chambre. Je détournai les yeux et tombai sur ceux de Michel, qui me regardait. Il me tenait la main, ne disait rien.

Mon premier sentiment fut la peur. Avions-nous… ? Que s'était-il passé ? Il dut voir mon appréhension car il resserra un peu plus son étreinte sur ma main et me sourit.

– Tu t'es endormie dès que je t'ai posée sur le lit, dit-il.

Je jetai un coup d'œil sur mon corps. J'étais encore habillée, je portais mon pardessus.

– J'ai juste enlevé tes chaussures, ajouta-t-il.

C'est idiot, mais je fus rassurée. Rassurée de ne pas avoir subi les caresses d'un homme auxquelles je n'aurais pas consenti, rassurée de n'avoir rien perdu du plaisir que j'aurais pu éprouver à les recevoir. Rassurée du passage au tutoiement.

– Je suis confuse, dis-je. Si confuse.

Je me redressai, morte de honte. Je m'étais effondrée ivre dans le lit d'un homme. De l'homme qui me plaisait. Circonstances aggravantes. Puis j'éclatai de rire. Techniquement, nous avions couché ensemble, puisque nous étions couchés dans le même lit, l'un à côté de l'autre.

– Ce n'est rien, dit-il. Nous avons beaucoup bu. Je t'avoue que j'ai dormi aussi. Un peu. Le reste du temps… je t'ai regardée. Tu es belle.

Jamais Michel n'avait prononcé autant de mots à la suite.

– Tu sais, je ne me sens plus seul depuis que tu es… là, enfin, dans ma vie. Depuis que je suis arrivé en France, je suis seul. En Afrique, j'avais ma famille, mes amis, beaucoup de monde. Au Cameroun, à Yaoundé, la ville où je suis né, il n'y a pas de rues comme ici, pas de ciment, pas de pavés, on a trois fois rien, mais on est heureux, tu comprends. Ici, les gens ont tout mais ils ne sourient pas. Pas qu'à moi, non, entre eux. Entre vous, vous ne souriez pas. Je vois la réaction des gens quand j'entre dans un magasin, je vois les gens qui changent de trottoir, les femmes qui serrent leur sac contre elles quand je les croise, les hommes qui me fixent, défiants, les enfants qui me pointent du doigt. Et toi. Toi, tu es là. Qui n'as pas peur. Toi, à côté de moi. Ta main dans la mienne. Toi qui m'écoutes comme on ne m'a jamais écouté. Toi qui me défends. Toi qui me crois.

Il s'assit sur le lit puis se leva. J'étais couchée à ses pieds et il semblait un géant.

– J'ai un petit quelque chose pour toi.

– Pour moi ?

Il acquiesça de la tête et sortit de la chambre.

Le mobilier de la pièce était modeste. Une armoire, une table de chevet et un lit. Sur le rebord de la fenêtre était posée une petite statuette africaine, une femme aux seins lourds et au ventre rebondi qui me dévisageait, sans doute jalouse de me voir dans le lit de Michel.

Quelques minutes après, il revint. Il tenait un pot de fleurs en terre cuite dans les mains duquel débordait une plante.

– Tu me prends un peu au dépourvu, je n'ai pas eu le temps de l'emballer. Je comptais passer à ton cabinet et te l'offrir mais bon, puisque tu es là… Tiens.

Il me tendit la plante. Devant mon air interrogatif, il précisa :

– Bien plus qu'une fleur en tissu de serviette ou une rose, tu mérites le rosier tout entier… dit-il avant de sourire.

Une joie folle m'envahit aussitôt. Un rosier à moi dont je pourrais prendre soin et que je pourrais cultiver. C'était la première fois que l'on m'offrait un rosier au lieu d'une rose. J'éclatai de rire. J'étais touchée par une si délicate attention.

Je pris le pot. Il était froid, gorgé de l'humidité de la plante. Un rosier nous séparait, Michel et moi. Il posa ses mains sur les miennes et mon cœur se mit à battre fort. Son odeur, suave, envahit mes narines, la puissance de son regard assaillit tout mon être, la chaleur de sa main saisit ma peau. Je me hissai sur la pointe des pieds, mes lèvres en avant, cherchant les siennes et je m'abandonnai à lui corps et âme.

Je revins au cabinet un peu avant le départ de mes clercs, l'esprit et le corps encore embrumés, après avoir annoncé à Michel que nous ne nous reverrions pas avant que j'aie prouvé son innocence. Non pas que notre relation avocat-client me dérangeât déontologiquement (comme vous l'avez constaté, je n'ai que très peu de principes), mais parce que mon corps brûlait tellement de le sentir à nouveau, mes yeux de le revoir, mes mains de le toucher, qu'il m'aurait été impossible de travailler convenablement en sachant que je le retrouverais le soir même. Non, il me fallait un but. Ne pas pouvoir le revoir avant d'avoir gagné cette affaire ne rendrait que plus belles nos retrouvailles, j'en étais convaincue. Et j'étais si sûre de moi…

Morte de honte que l'on puisse deviner sur mon visage ce que je venais de vivre, je m'enfermai dans les toilettes et me passai un coup d'eau sur les joues et la nuque puis je rejoignis la pièce qui me servait de bureau.

– On dirait que ton rendez-vous a pris plus de temps que prévu, dit Catherine, et je me sentis devenir écarlate.

– Mon rendez-vous ? balbutiai-je.

– Eh bien, oui, tu avais rendez-vous ce matin avec Maryse Rivières. On ne t'a plus vue par la suite, je commençais même à m'inquiéter.

Elle me remémora la crise de fièvre qui m'avait clouée au lit.

– J'étais avec Maryse Rivières. Ensuite, j'ai voulu vérifier… quelques affaires.

– Et ça ? demanda Claude en fixant le pot que je tenais dans les mains.

– Oh, j'ai fait un détour par la pépinière. C'est un rosier…

– Un rosier ?

– Oui, je… enfin, tu sais que j'aime les fleurs, et…

Me sentant perdre pied, je déposai la plante sur mon bureau et sortis le journal de Rose de mon sac. J'informai Catherine et Claude de nos avancées sans toutefois leur préciser que je venais de fêter cela en grande pompe avec notre client. Enthousiaste, Catherine s'offrit pour retaper le journal dans son intégralité afin d'en constituer une copie sur laquelle nous pourrions travailler. L'original serait placé sous scellé comme pièce à conviction.

Lorsque Catherine revint au travail le lendemain matin, elle l'avait lu. Elle en était arrivée aux mêmes conclusions que Maryse et moi. Il était fort probable que Christian Rivières avait tué sa femme.

Et ce carnet rouge était une grosse pierre sur le plateau de la balance de la justice qui chavirerait bientôt vers lui, laissant notre client affranchi de toute accusation. Notre travail s'achèverait bientôt. Avec succès. Et alors Michel et moi serions libres de nous aimer.

Le juge Ajas referma le journal de Rose d'un air dubitatif avant de lever son regard vers moi. Sa bouche formait une petite moue qui ne présageait rien de bon.

– Ces notes ne prouvent rien, dit-il en allumant une cigarette. Vous en voulez une ?

– Pardon ?

– Je vous demande si vous voulez une cigarette.

– Ces notes ne prouvent rien ? (J'écartai d'un geste sec le paquet de tabac qu'il me tendait.) Elles prouvent que Christian frappait sa femme ! m'exclamai-je, offusquée par la mauvaise foi du fonctionnaire.

– D'abord, on ne sait même pas si c'est Rose Rivières qui a écrit ce journal. Cela resterait à déterminer par une analyse graphologique. Quelqu'un aurait pu écrire les notes et la lettre avec l'intention d'incriminer Christian Rivières. Ce qui expliquerait pourquoi on les aurait envoyés par la poste. Si cela avait vraiment été Rose, pourquoi ne serait-elle pas allée en parler directement à Maryse ?

Il leva un sourcil, fier de son petit effet de théâtre.

– Mais…

– Oui, pourquoi Rose n'est-elle pas accourue chez sa belle-sœur si son mari la frappait ? N'est-ce pas ce que vous auriez fait, vous ? Ce qu'aurait fait n'importe quelle personne sensée ?

– Vous ne connaissez pas grand-chose à la psychologie féminine, monsieur le juge. Une femme battue se terre.

– Très bien, très bien, mettons que vous avez raison, je suis bon prince, partons du principe que c'est bien Rose qui a écrit ce journal, qu'est-ce qui nous prouve qu'elle n'affabulait pas ? Ce ne serait pas la première fois qu'une femme coucherait ses fantasmes sur le papier !

– Ses fantasmes d'être battue ? demandai-je, sidérée.

Le magistrat haussa les épaules.

– Tous les goûts sont dans la nature, maître, dit-il en perdant son regard dans la volute de fumée de sa cigarette.

Je n'en crus pas mes oreilles. S'il n'avait pas été juge d'instruction, je lui aurais aussitôt donné une gifle. Au lieu de cela, je me levai d'un bond en reprenant le journal intime, et avant qu'il ne m'ordonne de le lui laisser comme pièce à conviction, j'avais tourné les talons et j'étais déjà partie.

Le combat s'annonçait plus rude que je ne le pensais. Il voulait la guerre ? Il l'aurait.

De retour au cabinet, je demandai à Catherine de procéder à une analyse du journal intime afin de prouver qu'il s'agissait bien de l'écriture de Rose Rivières. Il faudrait pour cela prélever, par tous moyens nécessaires et avec beaucoup d'habileté, des échantillons à son domicile (notes diverses, signatures, papiers administratifs, bref, tous les écrits que l'on pourrait trouver à des fins de comparaison). Ma fonction d'avocat ne m'accordait aucun droit coercitif. J'aimais ce moment où mon travail m'obligeait à entrer de plain-pied dans l'illégalité. C'était comme une minuscule porte qui apparaissait soudain sur le côté et que m'indiquait une petite voix tentatrice. En général, je n'hésitais jamais trop avant de l'ouvrir. Le système était pervers. Pour bien faire son travail, il fallait de temps en temps mentir, tromper. D'ailleurs, un bon avocat est un avocat qui ment bien, j'en étais persuadée.

En même temps, je chargeai Claude de dégoter le dossier médical de Rose Rivières, et notamment la moindre constatation de coups sur sa personne, ainsi que le procès-verbal du garde champêtre concernant l'attaque de la bête sauvage.

Si la machine judiciaire n'agissait qu'à charge de Michel Pandanjila, nous n'agirions qu'à charge de Christian Rivières. Nous verrions bien qui aurait le dernier mot. Et devant un dossier constitué de preuves accablantes, un dossier monté brique par brique, indestructible, ils devraient bien admettre la vérité.

Pour Claude, la chose fut aisée. Il réussit à se faire donner sans trop de mal une copie du procès-verbal de la Brigade verte (c'est ainsi qu'ils se faisaient appeler) de P. ainsi que le certificat de constatations de blessures établi par le Dr Bonnin. Il en fit une copie sur laquelle il souligna les mots « hématomes », « état d'angoisse et de choc important ».

Pour Catherine, ce fut un peu plus délicat. Elle avait dû se rendre à ma place (car il me connaissait maintenant) au domicile de Christian Rivières, lui confier la véritable raison de sa présence et sa demande, à savoir prendre quelques documents attestant de l'écriture de Rose, sans toutefois mentionner l'existence du journal intime. Elle lui expliqua qu'il fallait authentifier une imaginaire facture de teinturerie portant l'écriture de son épouse, signée et annotée quelques minutes avant le drame dans un commerce proche de la place de la ville. Elle se montra sans doute convaincante car il la crut et délivra aussitôt, sans poser plus de questions, les précieux documents. Une grille de mots croisés, qui serait déterminante pour identifier les majuscules, ainsi qu'un cahier de recettes de sa femme.

Je jetai un œil à ce dernier, le comparai avec le journal de Rose. Nul besoin d'être expert pour voir qu'il s'agissait de la même écriture, fine et dynamique. Mais puisqu'il nous fallait une preuve irréfutable, je fis appel à un expert judiciaire agréé près la cour d'appel. Quelques heures plus tard, je possédais le précieux papier. L'heure était venue de porter l'estocade.

Si l'estocade vint bien, ce ne fut pas de la manière que j'escomptais.

Le 1er février, Michel fut interpellé pour la deuxième fois dans le cadre d'un mandat d'arrêt émis par le juge d'instruction. J'étais en train d'arroser mon rosier lorsque Claude m'apprit la nouvelle. Perplexe, je reposai l'arrosoir que j'avais acheté à cet effet, enfilai un manteau et dévalai les escaliers avant de sauter dans un taxi.

Sous l'égide du juge Ajas, la police avait mis à peine trois semaines pour recueillir de nouveaux éléments motivant l'incarcération de mon client. J'étais anxieuse de savoir lesquels. J'étais surtout curieuse de découvrir ce que le juge d'instruction avait bien pu inventer cette fois-ci pour se venger du mauvais coup que je lui avais porté avec la médiatisation de ma photographie (rappelez-vous, le lézard vert géant !). Quelle cruelle vengeance, pensai-je, car il me reprenait Michel une seconde fois.

C'est en entrant dans sa cellule que je me rendis compte que je n'avais pas vu Michel depuis que nous avions fait l'amour. J'avais oublié à quel point sa peau était noire. Ne variait-elle pas en fonction du temps ? De l'obscurité et de la lumière qui s'y reflétait ? Elle avait un ton nacré par endroits. Le ton nacré de la coquille d'une huître ou du sable qui scintille au soleil. J'avais aussi oublié à quel point Michel était beau, à quel point il me plaisait. Sa taille, son allure élégante et athlétique, les traits ronds mais fermes de son visage. Ses lèvres charnues qui m'avaient embrassée sans retenue, ses grosses mains qui m'avaient caressée, qui m'avaient donné du plaisir.

– Si tu ne sais pas quoi faire pour me revoir, lui dis-je, invite-moi simplement au restaurant. Cela t'évitera de te faire sauter dessus et menotter par des sauvages.

– Et moi qui pensais que j'étais le sauvage.

Il sourit.

– Je n'ai jamais fait l'amour dans une cellule, dis-je, en jetant un coup d'œil à son lit.

Son sourire illumina les ténèbres comme la première fois.

– Je pensais que tu étais sûre de gagner et voilà que je me retrouve en prison.

– Je n'ai pas joué l'as qui est dans ma manche.

Pour une raison que je ne m'explique pas aujourd'hui encore, je lui cachai, pour la seconde fois, l'existence du journal de Rose, que nous avions fait authentifier, du certificat de blessures le jour où une « bête sauvage » l'avait attaquée du côté de P., autant de preuves qui détourneraient les soupçons de sa personne et les placeraient sur le mari.

– Qu'ont-ils contre toi cette fois-ci ? demandai-je, abandonnant le badinage.

– Je l'ignore, répondit Michel. Mais j'ai l'impression que c'est sérieux.

– Je vais demander à consulter les nouvelles pièces du dossier, lui annonçai-je de l'air le plus déterminé dont je fus capable. Ce soir, tu dormiras chez toi... et peut-être que moi aussi... je veux dire, chez toi...

Je n'aurais pas dû m'avancer autant.

Michel ne dormit pas chez lui cette nuit-là, ni les suivantes d'ailleurs. Je ne le savais pas encore sur le moment, mais il ne devait plus jamais sortir de cette cage aux barreaux épais. Ou peut-être si, une dernière fois, pour se rendre de la maison d'arrêt à la maison centrale de K.

C'était sérieux, effectivement, pour ne pas dire grave.

Michel avait menti à la police, il m'avait menti à moi. En prétendant qu'il ne connaissait pas la victime (où l'avais-je mis ?... ah oui : « – Je ne vous ai rien demandé, Michel. – Mais je vous le dis quand même. Je ne la connaissais même pas »), mon client n'avait pas dit la vérité. S'il était capable de mentir sur un élément, il pouvait mentir sur tout. C'est du moins le genre de logique qu'utiliserait le juge Ajas, qui plairait au procureur de la République et cela fonctionnerait à merveille sur les jurés le jour du procès, croyez-moi. Nous lui donnions nous-mêmes le bâton pour qu'il nous frappe.

Une compagnie avait déclaré que Rose Rivières avait contracté, il y avait quelques mois, une assurance-décès. J'avais noté là toute l'ironie du fait car la réalité rejoignait le scénario que j'avais échafaudé pour approcher Christian Rivières. Là où l'histoire différait, c'est que son mari n'était pas le bénéficiaire. C'est peu de dire que je fus choquée en lisant dans les nouvelles pièces versées au dossier, et qui avaient été la cause de ce nouveau mandat d'arrêt, que l'assurance-décès de Rose Rivières avait été réalisée en faveur d'un autre homme. Un certain Michel Honoré Pandanjila…

Notre deuxième repas en tête à tête ne fut pas aussi charmant que le premier. Il se déroula dans la cellule de Michel à la maison d'arrêt de M., sous l'œil vigilant d'un gardien qui observait notre entretien par la fenêtre ouverte de la porte.

Pas de paella cette fois-ci, ou de champagne, mais un sandwich au concombre que Catherine m'avait préparé à la va-vite au cabinet. C'était frais et nourrissant, et bien suffisant lorsque le temps manquait.

– C'est quoi cette histoire d'assurance-décès, Michel ? Tu imagines ma tête lorsque j'ai appris cela ?

J'allumai une cigarette. Je n'étais pas dans les mêmes dispositions que la dernière fois et il le sentit car il changea aussitôt d'attitude. La nonchalance avec laquelle il vivait jusqu'alors cette persécution judiciaire laissa place à un nouveau genre de sentiment que je pris pour de l'inquiétude. Il semblait bouleversé de m'avoir déçue. Comme si, d'une quelconque manière, ma personne avait plus de valeur à ses yeux que la sienne. Son ongle jouait avec une écharde de la table.

– Je ne connaissais pas cette femme, répéta-t-il.

– Je ne peux pas te défendre si tu me caches des choses aussi essentielles, coupai-je, des informations aussi essentielles qu'être par exemple le bénéficiaire d'une assurance-décès d'une personne que tu dis ne pas connaître et que l'on vient d'assassiner.

J'étais remontée mais je ne fus pas surprise de voir qu'il se murait dans le silence, le regard fuyant. Les hommes ont cette lâcheté dont aucune femme n'est capable. Je tirai sur ma cigarette. Au bout de quelques secondes, je repris :

– Ils avaient une photo, ils ont maintenant un mobile, et le meilleur des mobiles, si tu veux mon avis : l'argent.

– Je comprends.

Il prenait le ton d'un petit enfant que l'on aurait puni à l'école. Son attitude m'exaspérait au plus haut point.

– Ah bon ? Et qu'est-ce que tu comprends, Michel ?

– Les gants noirs sur la photographie, et maintenant cette assurance-décès. On dirait que tout est contre moi.

– C'est tout ce que tu as à me dire ? Jouer les victimes. Tu n'as aucune explication à me donner qui me permettrait de comprendre, moi aussi, et de t'aider ?

Il secoua la tête. Il fut sur le point de dire quelque chose mais se ravisa au dernier moment. Il était anéanti, ne savait plus quoi dire, ne savait plus quoi faire. Oui, un vrai gamin que l'on aurait puni. Et je l'aurais giflé pour avoir cessé d'être cet homme fort qui me faisait rêver, cet homme fort qui m'avait tenue contre lui quand j'étais ivre, qui m'avait empêchée de tomber, cet homme avec qui j'avais fait l'amour, cet homme qui m'avait offert un rosier pour qu'y poussent les plus belles roses.

– Christian frappait sa femme, assénai-je alors. Et elle pensait le quitter.

Les yeux de Michel s'écarquillèrent, le blanc de ses globes oculaires envahissant aussitôt le noir de sa peau. Il ouvrit la bouche avec une moue de stupéfaction. Elle n'était pas feinte.

– Tu connaissais Rose, Michel, avoue-le, tu la connaissais. Et c'est pour cela qu'elle a fait de toi son principal bénéficiaire. Qui es-tu, Michel ?

Il ne répondit pas mais tout son être criait que j'avais raison.

J'utilisai le temps du trajet en taxi pour mettre un peu d'ordre dans mon esprit. Que me cachait Michel ? Et pourquoi me le cachait-il ? Était-il l'assassin ? Étais-je à ce point aveugle ? Pouvais-je m'affranchir de tout esprit critique dans le seul but de contenter les assauts de mon cœur ? Il me fallait me tempérer, reprendre le contrôle. Du moins jusqu'à ce que toute la vérité soit faite sur la vraie nature de Michel et son rôle dans l'affaire Rivières. Il y était lié, c'était évident, puisque l'assurance-décès de la victime avait été rédigée à son nom, mais il devait bien y avoir une raison. Dans quelle mesure Michel pouvait-il en être le bénéficiaire sans être coupable des faits qui lui étaient reprochés ? J'avais beau me creuser la tête, je ne trouvais aucune réponse satisfaisante. Une chose était sûre, je ne pouvais décemment pas fermer les yeux sur ces questions et m'abandonner, à la première occasion venue, à ses baisers, à ses mains, à son regard. Sois prudente, ma belle, cet homme n'est pas inculpé pour avoir volé une orange, mais pour assassinat ! Pour l'assassinat d'une femme. Je tapai du pied, folle de rage. Pourquoi, lorsque l'amour se présentait à moi, devais-je choisir entre lui et la raison ? Je maudissais le sort du choix qu'il m'imposait.

Réfléchis, réfléchis, me dis-je. Rose connaissait Michel, c'est un fait établi, mais de là à en faire le bénéficiaire d'une assurance-décès s'élevant à plus de dix mille francs, il y avait un pas qu'il m'était difficile de franchir.

J'en étais là de mes pensées lorsque Claude, à peine avais-je franchi le seuil du cabinet, m'avisa qu'un « élément important venait d'être mis aux mains de la police et de la justice » et que j'étais convoquée au cabinet du juge d'instruction.

– Asseyez-vous, maître, ordonna le juge Ajas sitôt que j'entrai dans son bureau.

– Je préfère rester debout.

– Si j'étais vous, je m'assiérais.

Son ton, sûr, glacial, m'effraya. Je m'exécutai.

– Cela doit être drôlement important, si vous prenez la peine de me convoquer… dis-je.

– J'ai deux nouvelles. Mauvaises toutes les deux, je commence par laquelle ?

Il sourit, visiblement satisfait de sa petite blague.

– La première mauvaise nouvelle, pour vous, cela va sans dire, reprit-il sans attendre ma réponse, c'est que nous avons mis la main sur des pages tirées d'un journal intime.

Je ne sais pas pourquoi mais je pensai aussitôt à cette nuit où j'avais constaté qu'une dizaine de pages avaient été arrachées vers le milieu du carnet. Pouvait-il s'agir de celles-ci ? Que contenaient-elles pour que le juge ait demandé ma présence si rapidement ?

Il me sortit de ma torpeur en me confortant dans mon idée :

– Je ne pense pas me tromper en avançant qu'il s'agit des pages qui ont été arrachées à celui que vous m'avez fait lire... Il faudrait d'ailleurs me le remettre, c'est une pièce à conviction décisive dans une affaire criminelle.

– Tiens, vous n'aviez pas l'air de penser cela l'autre jour. Je croyais que ce journal n'avait aucune importance pour vous. Que l'on n'était pas sûr que ce soit bien elle qui l'avait écrit...

– Je suis certain que vous avez pu expertiser cela. Je vous connais. Et puis, j'ai eu vent que Christian Rivières a reçu la visite inopinée d'une personne de votre cabinet intéressée par du matériel graphologique de Rose.

Il laissa flotter ses mots dans l'atmosphère pesante du bureau. Je ne répondis pas, j'allumai une cigarette, comme chaque fois que je devenais nerveuse.

– Qu'est-ce que racontent ces pages ? Et quel est le rapport avec mon client ?

– Face aux événements qui touchent Michel Pandanjila, la poste de M., qui l'employait jusque-là, a décidé de le licencier, ce que je trouve, ma foi, assez normal, non ?

– Vous avez déjà entendu parler de la présomption d'innocence, monsieur le juge ? Tant que mon client n'a pas été condamné, il est innocent. Vous ne le savez peut-être pas mais depuis 1892, l'employeur a l'obligation de justifier la rupture d'un contrat de travail. Et si La Poste renvoie un innocent simplement parce que la police fait mal son travail et arrête n'importe qui, alors elle se livre à une rupture de contrat de travail qui, pour moi, n'est aucunement justifiée, et elle devra en assumer les conséquences. Croyez-moi, Michel Pandanjila sera libéré et il reprendra son travail à La Poste. Je ferai tout pour qu'il en soit ainsi.

Le juge ne put s'empêcher de lâcher un petit rire sardonique.

– Vous ne manquez pas d'optimisme, maître, c'est bien, je pense d'ailleurs que c'est un des prérequis essentiels de votre profession. S'accrocher à tout et n'importe quoi, quitte à s'agripper à la branche la plus pourrie. Mais il ne faut pas confondre optimisme et stupidité. Et stupide, vous ne l'êtes justement pas. Si Pandanjila est libéré et qu'il reprend son travail à La Poste, je vous promets que je mange ce dossier. Avec de la mayonnaise. La mayonnaise a le pouvoir de tout assaisonner… Soyons sérieux un instant, maître, La Poste a déjà viré Pandanjila, disais-je. Il ne vous l'a pas dit ? Il semblerait qu'il ne vous raconte pas grand-chose. C'était il y a quelques jours. Bref, le fait est que ces pages ont été retrouvées dans son casier.

Sur le coup, je ne mesurai pas très bien la portée de ses paroles et me redressai sur ma chaise pour brandir un doigt menaçant sous le nez du juge.

– Il y a vice de procédure ! m'exclamai-je. La fouille du casier de mon client est assimilée à une perquisition. Elle aurait dû être menée en sa présence. Ce que vous avez trouvé dedans n'a plus aucune validité !

– Calmez-vous, vous avez l'impétuosité de la jeunesse, et le plus gros défaut qui va de pair avec, vous parlez sans savoir. Le jour de son renvoi, Michel Pandanjila a été invité à vider son casier, chose qu'il a faite lui-même. Il a donc, légalement parlant, abandonné toute notion de propriété qui y était liée. Jusque-là, aucun problème pour vous, n'est-ce pas ?

– Aucun, si ce n'est que La Poste a réalisé un licenciement abusif. Nous en reparlerons.

– Bien. Ce matin, à 10 h, le nouvel employé qui remplace Pandanjila, un certain Raymond Khoury (ils ont changé un grand Noir pour un grand chauve, bref…), a pris possession du casier. Le fait est que votre client avait oublié de retirer quelque chose qu'il avait laissé dans le fond, bien caché, si vous voyez ce que je veux dire. Il s'agissait de quelques pages au bord arraché, celles-ci, maître. M. Khoury y a jeté un coup d'œil par curiosité, la curiosité est un bien vilain défaut, n'est-ce pas ? Mais qui ne l'aurait pas fait ? Bref, il a lu ce qui y était écrit. Des propos très compromettants, en soi. Alarmé, il est allé voir son patron, qui a remis les feuilles à la police. Elles ont ensuite été adressées au commissaire de la brigade criminelle en charge de cette affaire et voici comment elles sont arrivées sur mon bureau.

– Qu'est-ce que le journal intime de Rose faisait dans le casier de Michel Pandanjila ? demandai-je.

Plus qu'une question, il s'agissait d'une pensée formulée à voix haute.

– Cela nous amène à la deuxième mauvaise nouvelle, chère maître. Vous allez tomber de haut, Mme Rivières mentionne plusieurs fois le nom de Pandanjila dans les pages retrouvées.

Le juge Ajas ne se trompait pas. Je tombai des nues.

– En voici une copie pour vous, me dit-il en faisant glisser sur la table un dossier à mon attention.

– Ce n'est pas possible ! m'exclamai-je.

– On dirait que vous ne connaissez pas très bien votre client, maître.

Il avait un air satisfait sur le visage. Il savait qu'il assistait là à la fin. À ma fin. Pour lui, j'étais comme ce taureau sanglant à qui l'on vient de planter une dizaine de banderilles et qui est sur le point de s'effondrer, blessé, exténué.

– Je ne comprends pas, avouai-je, désespérée, en ouvrant la chemise cartonnée et en feuilletant machinalement les pièces du mince dossier.

– Vous ne comprenez pas ? Je vais vous le dire lentement, maître, pour que vous saisissiez bien, ajouta-t-il sur un ton hautain. Loin de moi l'idée de vous ôter le plaisir de me voir manger ce dossier avec une cuillerée de mayonnaise, maître, mais votre client, ce Nègre, ce Michel Pandanjila, cet homme que vous trouvez sympathique et innocent, cet homme que vous défendez envers et contre tous (cet homme avec qui vous avez fait l'amour, pensai-je), eh bien, il était en réalité l'amant de Rose Rivières…

CINQUIÈME PARTIE

ADÉLAÏDE KRIESTEN

Je passai ma soirée dans la baignoire avec une bouteille de vin blanc pour seule compagnie. Et lorsque je l'eus vidée, je me levai, titubante, me rendis au cellier, renversai d'une gifle le pot du rosier qui vint se briser en mille morceaux de terre cuite sur le parquet, et en entamai une deuxième, la buvant directement au goulot.

La découverte de ces quelques pages jetait une lumière complètement différente sur les événements. Non seulement elles retraçaient la rencontre de Rose et Michel, à la poste, mais aussi leur aventure naissante, leur amitié et l'amour qui en était éclos. Elles étaient bien de la main de Rose, il n'y avait aucun doute là-dessus. J'avais passé assez de temps à lire et relire son journal pour reconnaître cette écriture fine et agitée.

Je fus prise d'une irrépressible envie de vomir à l'idée que Michel et Rose aient pu faire l'amour ensemble, que Michel l'ait caressée, embrassée, que Michel ait joui en elle comme il l'avait fait en moi. J'agrippai le bord de la baignoire et m'abandonnai sur le carrelage de la salle de bains. Un mélange de pain, de tranches de concombre à peine mâchées et de vin blanc se déversa en un flot saccadé. Les spasmes m'arrachèrent des larmes, dont le mince filet noir qu'elles firent sur mes joues acheva sa course dans l'eau du bain.

Comment avais-je pu être trompée par le visage angélique de Michel, ses manières, son corps, comment avais-je pu ne pas voir dans ses yeux ce qu'il était vraiment, le genre d'homme qu'il était vraiment ? J'avais lu et relu certaines phrases de Rose. Elles exprimaient avec force détails ce que j'avais moi-même ressenti pour lui. C'était stupéfiant.

Mais le plus dérangeant, le plus inattendu était qu'en lisant ces pages arrachées du journal, j'avais compris quelque chose de plus terrible encore. Michel s'était certes joué de nous, s'était joué de moi en dissimulant sa relation avec Rose, mais le plus terrible était que l'homme qui avait battu Rose, le « il » du journal intime qui reprenait après les pages arrachées, la « bête sauvage » qui l'avait attaquée dans le bois de P., l'homme qu'elle avait décidé de quitter, je l'avais enfin compris, ce n'était pas Christian. C'était Michel.

Je viens de rencontrer un homme.

Il est tellement différent de Christian. Il a tout ce que Christian n'a pas, il est tout ce que Christian n'est pas. Son visage est noir comme le charbon, obscur comme les ténèbres et pourtant il est aussi resplendissant qu'un soleil, aussi lumineux qu'un nouvel espoir. Le nouvel espoir de ma vie.

[...]

Avec Michel, je jouis. Je jouis comme jamais je n'ai joui avec Christian. Je connais enfin le plaisir. Le plaisir que donne un homme tendre et aimant, un homme qui se soucie de moi, un homme dont les doigts, les lèvres, le sexe, ne cherchent que le bonheur de l'autre, que le plaisir de l'autre, de moi, en l'occurrence.

[...]

Michel est aimable, tendre, attentionné. Il pense toujours à moi avant lui, me demande toujours comment je vais avant de me parler de son travail, ne cesse de me dire toutes les fois qu'il pense à moi, quand et comment il pense à moi. Il m'a invitée au restaurant espagnol. Nous avons partagé des anchois puis mangé une paella. Le tout accompagné par une belle musique. J'étais aux anges. Je crois que je suis amoureuse. Je suis une femme mariée…

[…]

Michel entre dans des colères folles lorsque je lui réponds que je ne peux pas quitter Christian.

[…]

Michel est de plus en plus coléreux. Dans une certaine mesure, je le comprends. Tout est de ma faute. Je ne me suis jamais résolue à quitter Christian. Je porte même un enfant de lui. Les colères de Michel sont une preuve de son amour, de son impuissance, une preuve de ma sottise.

Je m'en veux. Je m'en veux tellement. Je me déteste.

[…]

Aujourd'hui, Michel et moi nous sommes donné rendez-vous à La Souterrane, à P. Nous y sommes allés chacun dans un bus différent afin de ne pas éveiller les soupçons d'éventuelles connaissances. Nous nous sommes retrouvés au milieu des hautes herbes.

Michel m'a offert du parfum. Le N° 5 de Chanel. Je lui ai dit qu'il était fou, qu'il n'avait pas d'argent. Il a économisé pendant des mois pour m'acheter ce flacon à la mode. Puis il m'a demandé de quitter mon mari, encore une fois. J'ai hésité quelques secondes, ai refusé de la façon la moins brusque, la plus polie possible, je lui ai annoncé que j'étais enceinte de quatre mois, que j'allais avoir un bébé et que je ne pouvais pas quitter son père, pas maintenant, qu'un bébé avait besoin d'un père, et cela l'a mis dans une colère folle. Je ne l'avais jamais vu comme ça. Il m'a agrippée par les poignets et a tiré ma robe. Les boutons ont sauté, ma robe s'est déchirée, il a tiré dessus comme un animal. J'avais tellement peur pour mon bébé, je protégeais mon ventre. J'ai poussé Michel, il est tombé en arrière, le crâne sur une pierre. On dit que l'instinct de mère renverse les montagnes, c'est vrai. J'en ai profité pour m'enfuir. Je me suis précipitée à la brigade, je voulais porter plainte, et puis, sur le chemin, le temps aidant, j'ai pensé que si je portais plainte contre lui, Christian apprendrait tout et je ne voulais pas que ma vie soit détruite. En arrivant devant le garde champêtre, j'ai inventé cette histoire de bête sauvage.

L'humain est un être qui, s'il n'aime pas souffrir, ne peut s'empêcher, lorsqu'il est triste, de se complaire dans sa tristesse, d'y barboter, de la vivre et la revivre, de remuer toujours plus profondément le couteau dans la plaie pour que cela fasse bien mal et éprouver à quel point il est misérable. Triste, on aime à se passer des musiques déprimantes qui nous enfoncent encore un peu plus dans le trou. Triste, on aime à se faire pleurer, à se repasser dans la tête les mauvaises scènes, les mauvaises pensées.

Ainsi, je vomis.

Je n'arrivais pas à imaginer Michel violent. Je n'arrivais pas à l'imaginer en train de frapper Rose, je ne pouvais concevoir qu'il ait porté la main sur une femme enceinte. Mais ma courte expérience dans la profession m'avait appris une chose. On ne connaît jamais les gens. Et même le visage le plus angélique peut cacher un démon. Mes dossiers étaient pleins de personnes bienveillantes, de gens sans histoire, qui, un jour, sous le coup de la rage, de l'impulsivité, saisissaient un couteau et le plantaient dans le corps de leur compagne, de leur mari, de leurs enfants… Et je n'étais que trop impulsive moi-même pour ne pas comprendre cela jusqu'au fond de mes tripes et ne pas redouter de me transformer un jour, à mon tour, en l'une de ces bêtes. Oui, peut-être moi aussi, un jour, passerais-je de l'autre côté du miroir et tuerais-je comme ces gens sans histoire, sans reproches. Mon sang était peut-être de ceux-ci, ma destinée, de tuer.

Mais immédiatement, après avoir laissé parler la raison, mon cœur reprenait le relais, comme s'il s'était livré dans mon esprit la plus grande bataille entre le bien et le mal, l'amour et la haine. La violence de Michel, d'une certaine manière, le rendait vivant, le rendait homme. Ce n'était pas un dieu, non, comme je l'avais pensé au début, c'était un homme comme les autres, avec ses faiblesses, ses défauts, ses laideurs. Cela ne le rendait pas plus beau, mais cela justifiait ses actes, d'une certaine manière, même s'ils demeuraient inexcusables, injustifiables et vils. Quelque chose me blessait en revanche davantage, le fait qu'il avait désiré une autre que moi, qu'il l'avait emmenée dans le même restaurant, lui avait dit les mêmes mots, lui avait sans doute confectionné une rose à l'aide d'une serviette en tissu.

Alors que j'écris ces lignes, je me rends compte de ce sentiment égoïste et puéril qui fut le mien à l'époque mais, je le rappelle, je n'avais que vingt ans. Que peut-on reprocher à une jeune fille de vingt ans qui ne connaît encore rien aux choses de l'amour et qui ne pense qu'à elle ? J'étais de ces femmes, je devais m'en rendre compte par la suite, qui sont jalouses des femmes du passé d'un homme, des femmes qui étaient là avant elles. Oui, c'est idiot, il avait trente-deux ans et il était, ma foi, bien naturel, sain et réconfortant, qu'il ait déjà connu une histoire, ou peut-être plusieurs... Néanmoins, l'imaginer avec Rose, qui m'accompagnait jour et nuit depuis un petit moment, relevait de la double trahison. C'était étrange mais j'avais tissé avec Rose, une morte donc, une relation qui allait plus loin que la simple relation professionnelle. Elle était devenue une amie à titre posthume, elle que je n'avais jamais rencontrée, elle que je n'avais jamais vue en dehors d'une mauvaise photographie. Cette pensée me surprit et je me demandai si je ne commençais pas à devenir folle. Je ne pouvais en vouloir ni à Michel ni à Rose pour cela, non, il ne le fallait pas.

Je me rinçai la bouche et me passai un gant d'eau chaude sur le visage. Puis j'allai ramasser les débris du pot de fleurs et les jetai à la poubelle. Je rassemblai la terre qui s'était éparpillée et la plaçai dans une boîte à chapeau, j'y disposai le rosier qui, grâce au ciel, n'avait pas été endommagé, et l'arrosai comme pour m'excuser auprès de lui. Si j'aimais Michel, il me fallait accepter de le partager avec le souvenir de Rose, une espèce de ménage à trois des plus étrange.

Devant Catherine et Claude, j'imaginai comment Michel avait arraché les pages du journal intime de Rose.

– Ce matin-là, Michel travaille au bureau de poste, au tri, plus exactement. Alors qu'il distribue le courrier dans les différents bacs, une enveloppe assez volumineuse attire son attention. Il a reconnu l'écriture de Rose, et elle est adressée à Maryse Rivières, ce qui l'intrigue au plus haut point. Un désir brûlant de savoir l'assaille. Le paquet pèse un peu, il n'y a pas qu'une lettre là-dedans. Il y aussi un livre fin ou un cahier. Il lui suffirait d'ouvrir l'enveloppe au-dessus d'une casserole, avec un peu de vapeur d'eau, voir ce qu'elle contient, remettre le tout dedans avant de la sceller à nouveau pour qu'il soit fixé sur ce que ces deux-là ont à se dire. La curiosité est un bien vilain défaut, il le sait, mais Rose parle peut-être de lui. Il les sait intimes. Ce serait une catastrophe. Personne ne doit savoir pour eux. Il glisse l'enveloppe dans sa poche et reprend le triage. Le soir, en rentrant, il met à bouillir un peu d'eau. L'enveloppe contient une lettre et une autre enveloppe sur laquelle est écrit « N'ouvrir qu'en cas de malheur ». Le cœur de Michel bat fort dans sa poitrine. Il lit la lettre, n'a presque plus aucun doute sur le message que Rose souhaite faire passer à Maryse. Elle est en danger. Avec le même procédé que pour l'autre enveloppe, il ouvre celle qui contient le petit cahier rouge. Il n'a qu'à feuilleter les pages pour se rendre compte qu'il s'agit d'un journal intime. Il s'assoit et commence à lire. La lecture le trouble. De rage, il est tenté de brûler le journal de Rose, et puis, un peu plus tard dans la soirée, il s'aperçoit qu'il y a là une chance à saisir. Il lui suffirait d'enlever les pages où il est question de lui. Un lecteur pourrait facilement faire le raccord entre la détérioration des relations entre Rose et Christian et le moment où elle commence à parler des coups. Oui, un lecteur qui n'aurait pas connaissance des pages qui manquent pourrait croire que c'est Christian qui la frappe. Ce serait tellement logique. Et s'il arrivait malheur à la jeune fille, tous les soupçons se tourneraient immédiatement vers le mari. C'est là un signe de la Providence que Michel ne doit pas laisser filer. Après avoir étudié l'endroit où le raccord se fera le mieux, il arrache une par une les pages dans lesquelles il est question de lui. La rencontre, d'abord, leur relation, idyllique au début, puis la dégradation et enfin les coups. Les coups, il les laissera pour Christian. Il efface les traces de son passage dans la vie de Rose. Il devient invisible, lui qui ne l'a jamais été depuis qu'il est arrivé en France. Une fois son petit travail de monteur exécuté, il remet le carnet dans l'enveloppe et scelle à nouveau le tout. Le lendemain, il la portera au bureau de poste et la remettra dans la chaîne d'expédition. Cette nuit-là, il dort tranquille. Du sommeil de l'homme qui vient de trouver la solution d'un problème.

Lorsque j'eus terminé mon récit, je jetai un œil sur ma petite assistance.

– Michel a donc tué Rose, résuma Catherine sans y croire.

– Je ne sais pas. Je ne suis plus sûre de rien. Je pensais que Michel était sincère et voilà que tout s'effondre.

– Et alors, que faisons-nous maintenant ? demanda Claude.

– Je pense qu'une petite conversation avec notre client s'impose.

Je retrouvai Michel dans sa cellule de la maison d'arrêt de M.

Son état paraissait s'être dégradé depuis la dernière fois. Il avait perdu son assurance, son détachement. Les événements semblaient désormais avoir des effets sur lui. Il ne s'était pas rasé depuis plusieurs jours et les vêtements qu'il portait étaient froissés et sales.

– Cette histoire d'assurance me préoccupe moins que… que le cahier, Michel. Ce que Rose raconte dans les pages arrachées… Je vais te poser deux questions. J'aimerais que tu y répondes avec la plus grande franchise. Est-ce toi qui as arraché les pages du journal intime de Rose Rivières ? Étais-tu l'amant de Rose Rivières ? Je veux l'entendre de ta bouche, avec tes mots. Je veux juste savoir ce que cela fait d'entendre quelque chose de vrai dans ta bouche.

Michel jeta un coup d'œil à la table en bois autour de laquelle nous étions assis. Il glissa sa main sur le bois buriné par le temps et les mains dures des prisonniers.

– Oui, j'étais bien l'amant de Rose.

Je m'y attendais, mais la confession me secoua.

– Nous nous aimions, reprit-il. Enfin, au début.

– Michel, frapper une femme n'est pas le meilleur moyen pour lui donner envie de quitter son mari. Une femme enceinte de surcroît.

Il écarquilla les yeux. Et ce fut comme s'ils s'apprêtaient à me dévorer. Je me demandais comment ces mains, qui m'avaient arraché autant de plaisir, avaient pu être aussi violentes sur une autre femme. Une femme qu'il était censé avoir aimée.

– Mais je n'ai jamais frappé Rose ! se défendit-il.

– C'est écrit noir sur blanc dans les pages arrachées de son journal.

Michel secoua la tête et haussa les épaules.

– Tu ne vois que le mauvais côté de l'histoire, et c'est bien normal. Je ne suis pas la bête que tu crois, et Rose n'est pas la sainte que tu crois non plus. C'est elle qui m'a frappé !

Je ne pus réprimer un éclat de rire.

– Michel, tu mesures un mètre quatre-vingt-neuf ! Tu ne vas pas me faire croire que Rose te battait.

– Tu ne connaissais pas Rose. Elle était gentille mais elle pouvait devenir très mauvaise. Elle m'aimait au début, je n'en doute pas, la nouveauté, j'imagine, l'exotisme, mais je suis vite devenu une distraction. Oui c'est ça, elle se distrayait avec moi. Ça la sortait de ses vergers. Elle se plaignait de sa vie mais jamais elle ne l'aurait abandonnée pour moi. À la fin, elle ne m'aimait plus. J'ai mis du temps à m'en apercevoir et encore plus de temps à l'accepter. Tu sais, elle en jouait, elle me narguait, elle me faisait du mal, se gaussait de me savoir fou d'elle. Elle se moquait de moi. Avec elle, ce pouvait être le paradis, et puis, la seconde d'après, l'enfer. Elle avait tout. Un mari, bientôt un enfant, une maison, de l'argent. Moi, je n'avais rien. Et dans cette histoire, ce serait toujours moi qui n'aurais rien. Tu parles de violences, mais tu ne parles que d'un seul jour, car il n'y en eut, fort heureusement, qu'un seul. Un jour de fortes violences. À La Souterrane. Mais ce n'est pas moi qui l'ai frappée, c'est elle. Tout comme il y a une autre imprécision dans les pages que j'ai lues de son journal (je n'ai jamais pu lire le reste), ce n'est pas elle qui voulait me quitter, mais moi, oui, c'était moi qui voulais la quitter et je lui avais donné cet ultime rendez-vous pour le lui dire. Je lui ai offert le parfum, c'était un cadeau d'adieu. Je ne supportais plus qu'elle me fasse autant de mal. Ça l'a mise dans une colère noire. « Toi, tu veux me quitter ? Mais tu es fou de moi ! Et puis ce n'est pas toi qui décides si tu me quittes ou pas, non, ce n'est pas toi qui décides ! » Je me souviendrai toujours de ces mots et comment elle les a prononcés. Ce n'était plus ma Rose. « Je voulais justement t'annoncer que je vais avoir un bébé, Michel. » Elle a touché son ventre, il n'était pas encore rond, du moins, on ne pouvait pas le deviner à travers la robe. J'étais sidéré. Elle s'est approchée de moi, a caressé mon visage, est redevenue douce et aimante. Mais je la connaissais trop bien pour savoir quand elle jouait la comédie, quand elle prenait son air de petite fille pour obtenir ce qu'elle voulait. Et cela ne se passerait plus ainsi. « Un bébé a besoin de son père, je ne peux pas quitter Christian maintenant, m'a-t-elle annoncé, mais après, oui, je te le jure. Le bébé a besoin de son père, et moi, j'ai besoin de toi, maintenant. » Elle a avancé ses lèvres pour m'embrasser. Mais ma décision était prise depuis longtemps. Je me suis reculé. « Tout est fini, Rose. J'espère que tu vivras heureuse avec ton mari et ton bébé. » À ces mots, elle est devenue comme folle. Tu aurais vu son regard. Le diable l'habitait. Elle s'est jetée sur moi, s'est mise à me gifler, me donner des coups. J'ai été bien obligé de me défendre. J'ai mis mes bras en avant, elle frappait dessus de toutes ses forces avec ses avant-bras. Une pluie de coups, que dis-je, une tornade de coups de poing, jamais je n'aurais imaginé une telle force venant d'un si petit bout de femme. J'ai tout de même réussi à lui saisir les poignets pour qu'elle arrête de frapper. Plus que pour moi, j'avais peur pour elle, j'avais peur pour le bébé, j'avais peur qu'elle se donne un coup involontairement, tu comprends ? J'ai dû serrer fort car elle était incontrôlable, c'était elle la vraie bête sauvage, elle était hystérique, je n'avais jamais vu une telle violence, qui plus est exercée contre moi. Elle s'est démenée. Dans l'action, j'ai glissé, je me suis raccroché à sa robe par réflexe et tous les boutons ont sauté. Ça l'a déchirée. Je suis tombé par terre, la tête contre une pierre. Je me suis évanoui. Quand je me suis réveillé, elle n'était plus là et une douleur me vrillait l'arrière du crâne. J'ai touché avec ma main, il y avait du sang. J'ai pris le dernier bus pour M. et suis allé directement à l'hôpital. Heureusement, je n'avais rien de bien grave. On m'a mis quelques points.

Il se tourna et je pus voir la cicatrice à la racine de ses cheveux crépus.

– Je t'avoue que je suis un peu perdue, Michel. Je ne sais plus qui croire, mais j'imagine que si j'enquête un peu, je pourrai retrouver le certificat du médecin qui t'a fait les points.

– Oui, dit-il en hochant la tête, reprenant espoir.

– Mais cela ne prouvera pas que c'est elle qui t'a attaqué. Tu pourrais l'avoir frappée et elle se serait défendue en te poussant, tu serais tombé sur cette pierre de toute façon.

– C'est vrai, reconnut-il en s'éteignant comme sous l'action d'un interrupteur.

– Si elle te détestait autant, comme tu me le dis, elle a quand même pensé à toi quand elle a contracté l'assurance-décès !

– Oui, c'est ce que je ne m'explique pas. Je ne comprends pas, et tu dois me croire. Je n'étais pas au courant de cette assurance, je te jure ! Je lui avais fait part à deux ou trois reprises de mes problèmes d'argent.

Mon salaire est bien inférieur aux autres employés qui font le même travail que moi. On n'aime pas les étrangers en France.

– C'est toi qui as arraché les pages du cahier ?

– Non ! se défendit-il à nouveau (cela m'agaçait qu'il ait un bon argument à portée de main à chaque fois). C'est Rose qui me les a données. Après notre dispute de La Souterrane, je n'ai plus entendu parler d'elle pendant des mois. Je pensais ne plus jamais la revoir. Mais il y a quelques semaines, elle a repris contact avec moi, elle est passée à la poste, et m'a dit qu'elle m'attendrait dans un café à la fin de mon service. J'ai finalement pu m'échapper avant, pendant une de mes pauses, j'étais intrigué. Elle avait l'air très altérée. Elle m'a donné les pages en me disant qu'elle voulait que je les garde. Parce qu'elles me concernaient et qu'elle ne voulait pas que quelqu'un tombe dessus. Elles ne regardaient que moi. Enfin, elle et moi. Je les ai lues devant elle et lui ai demandé où était le reste. Je veux dire, le cahier, parce que je voyais bien qu'elles étaient tirées d'un journal intime, je lui ai aussi demandé pourquoi elle les avait arrachées. Elle m'a répondu que le cahier était en lieu sûr et que le reste n'était pas mon affaire. Je lui ai demandé des nouvelles du bébé, elle m'a dit qu'il allait bien. Elle était différente, plus calme que la fois précédente. Elle était comme désolée de ce qu'il s'était passé. Mais elle avait peur. Oui, je ne savais pas ce qu'elle craignait sur le moment, ce n'est que maintenant que je comprends qu'elle avait peur de Christian en réalité. J'ai posé ma main sur la sienne. Elle m'a souri, a retiré sa main en s'excusant puis elle s'est levée et est partie. Je ne l'ai plus jamais revue. J'ai appris sa mort il y a quelques semaines, comme tout le monde, par le journal…

Je mis un certain temps à traiter cette information.

– Tu m'as déjà menti, Michel, comment puis-je te faire confiance à nouveau ? Comment puis-je être sûre que tu ne me mens pas encore ? Et nous ? Comment puis-je savoir que tu ne te sers pas de moi pour ta défense ?

– J'ai été sincère avec toi. Depuis la seconde où je t'ai vue dans cette cellule. Mes sentiments pour toi sont vrais.

Devant mon visage impassible, il parut désemparé.

– Mais je ne peux rien faire pour te convaincre, ajouta-t-il simplement. Regarde-moi et juge par toi-même.

Je le regardai et ne vis devant moi qu'un pauvre homme à mille lieues de celui dont j'étais tombée amoureuse. Il ne restait que des miettes de cet homme fort. Les étincelles que j'avais vues dans ses yeux le jour où il m'avait offert le rosier, le jour où il m'avait prise, avaient disparu. Cependant, je ne pouvais cesser de l'aimer. Il subsistait en lui quelque chose, loin sous sa peau, du Michel qui m'avait fait perdre la tête. Il était juste question de le retrouver. C'est à ce moment-là que j'ai pensé qu'il était dur d'aimer. Mais qu'il était beau d'aimer. Oui, je ne demandais qu'à le croire, je ne demandais qu'à ce que tout ce qu'il venait de me raconter soit vrai. Pour pouvoir être libre de l'aimer tout entier, pour l'aimer sans la peur dans le ventre.

– J'éprouvais des sentiments pour toi, osai-je commencer mais je ne continuai pas.

Mon silence sembla l'accabler plus encore que l'usage de l'imparfait.

– Et le restaurant espagnol ? C'est là que tu emmènes toutes tes conquêtes ? Tu y as emmené Rose aussi, c'est dans son journal. Tu leur offres à toutes des roses ?

– C'est elle qui me l'a fait découvrir. Elle y était allée avec Christian. Alors oui, je suis allé dans ce restaurant avec elle. Mais je n'ai offert une fleur qu'à une seule.

– Oui, à Rose, car à moi, tu n'as pas pu, un homme les a toutes achetées.

– Je n'ai offert une fleur qu'à une seule, répéta-t-il. Une fleur en tissu de serviette. C'est à toi.

Il posa sa main sur la mienne et un frisson me parcourut le bras, hérissant mes poils blonds.

– Et un rosier aussi… Plus qu'une rose, ma chérie, tu…

– … mérites le rosier, oui, je sais.

– Tu as dit « j'éprouvais », j'imagine que tu ne ressens donc plus rien pour moi.

– Je ne sais pas, dis-je avant de retirer ma main, de me lever et de partir comme Rose l'avait fait quelques mois avant moi.

Je me trouvais plus désemparée encore qu'avant. Une partie de moi, ma raison, pensait que Michel avait tué Rose Rivières parce qu'elle n'avait pas quitté son mari, parce qu'elle avait eu un enfant de lui, parce qu'il ne comprenait pas comment elle pouvait le préférer à lui alors qu'il lui offrait l'amour et pas l'indifférence de son mari. Oui, il l'avait tuée pour tout ce qu'elle lui avait fait à la fin, pour l'avoir utilisé, pour avoir joué avec lui, avec ses sentiments, ou, de manière pragmatique, pour encaisser l'assurance-décès. D'un autre côté, un morceau du voile était tombé et une Rose que je ne connaissais pas était apparue. Mais avait-il inventé cette Rose manipulatrice, mauvaise, ou l'était-elle vraiment ?

Et puis, il y avait mon cœur. Une chose me troublait. Michel avait eu l'air sincère en me disant qu'il n'était pas au courant pour l'assurance, qu'il n'avait pas arraché les pages du journal de Rose et en me racontant leur dernière rencontre, les émotions qui l'avaient assailli, la colère injustifiée de la jeune femme, sa violence. Et s'il disait vrai ? Et si Michel était vraiment l'homme que j'avais vu en lui ? Et si la version que Rose avait écrite sur son journal n'était qu'un tissu de mensonges ? Enfin, pas un tissu de mensonges, mais de choses dont elle aurait fini par se persuader, pour se préserver. Le cerveau est bon à ce petit jeu. Je me maudissais pour cela, mais une intime conviction me criait que Michel ne mentait pas, qu'il me fallait le croire cette fois-ci, et, j'avoue, je ne désirais que cela. L'amour est bel et bien aveugle. J'en avais la preuve, sinon, comment expliquer que malgré ses premiers mensonges, j'éprouvais toujours les mêmes sentiments forts pour Michel ?

S'il disait vrai, en revanche, alors il était possible que Rose ait envoyé le carnet à Maryse après avoir arraché les pages qui incriminaient Michel, mais pourquoi ? Pour n'incriminer que celui dont elle avait réellement peur ? Christian ? Avait-elle voulu sauver Michel ? Était-ce son ultime repentir pour tout le mal qu'elle lui avait occasionné ?

Il manquait tellement de pièces au puzzle. Plus que jamais perdue, animée d'un sentiment mitigé, je revins aux photographies, le point de départ de toute cette histoire. Je les avais rangées dans le tiroir de mon bureau et c'est avec empressement que je les sortis de l'enveloppe. Il était 21 h et j'avais passé une chemise de nuit en soie à fleurs. J'en aimais la texture douce et glissante. Mon appartement était bien chauffé et je pouvais me permettre ce petit luxe. J'aimais les fleurs. À défaut d'avoir un jardin, j'essayais de m'en entourer au maximum. Il y en avait des peintes sur mes assiettes, des brodées sur mon divan, des imprimées sur le coin de mes miroirs. Et puis il y en avait une faite en pliage à partir d'une serviette, et il y avait un rosier dans une boîte à chapeau. Oui, j'aimais les fleurs, et si j'avais eu du temps et si j'avais habité à la campagne, j'en aurais fait pousser partout. Je savais qu'un jour, cela arriverait. Un jour, je vivrais dans une maison entourée de fleurs multicolores et je serais heureuse.

Je me servis un verre d'orangeade et posai les trois clichés devant moi. Le premier montrait la scène, le deuxième le public, le troisième le public quelques secondes après, au moment même où Rose se faisait étrangler. *Qui t'a fait ça, Rose ? Qui t'a étranglée ? Le sais-tu toi-même ?* J'aurais aimé être dans cette foule, sous mon parapluie, cherchant Rose du regard, la voyant, puis voyant la personne qui serrait ses mains sur son cou.

Je balayai du regard les photographies de gauche à droite, persuadée qu'un détail que je n'avais pas vu auparavant attraperait la pupille de mes yeux. Je finis ma course sur la foule et les parapluies noirs. La scène avait quelque chose de mystérieux, de tragique. La pluie fine qui hachurait les visages, les tranchait de lignes blanches et grises. Il n'y a rien de plus impressionnant et à la fois énigmatique qu'une levée de parapluies. Comme la levée de boucliers d'une légion romaine.

C'est alors que je le vis.

Cela me fit l'effet d'un tour de magie dans lequel tout le monde regarde la main droite qui agite un mouchoir dans les airs alors que c'est la gauche qu'il faut observer, celle qui se glisse dans le revers de la veste, tire une colombe d'une poche secrète et la mêle à la main droite pour que l'on croie qu'elle sort du mouchoir. Oui, cela me fit l'effet de voir quelque chose que personne d'autre que moi n'avait vu, l'effet de voir le truc du prestidigitateur, son secret, et ce fut un choc.

Le détail m'était passé inaperçu jusque-là car j'avais concentré mes efforts d'observation sur ce qu'il se passait derrière Rose. La jeune femme avait été étranglée par-derrière et je n'avais aucune raison de m'intéresser à ce qui se trouvait juste devant elle, sous son nez, or, voilà que, à cet endroit précis, se trouvait un parapluie placé beaucoup plus bas que les autres. Je crus d'abord que c'était un enfant qui le tenait, ce qui aurait expliqué qu'il soit si bas, mais son diamètre était celui d'un parapluie pour adulte. Il arrivait au niveau de la poitrine d'une grosse femme blonde pressée contre Rose. Je reposai mon verre d'orangeade et saisis la loupe que je n'avais pas rendue à Claude, à l'affût du moindre détail. Je sentis le sang tambouriner dans ma poitrine et dans mes tempes. Je longeai le bras de la grosse femme, descendis jusqu'à sa main, que l'on devinait à peine. Il y avait quelque chose de noir au bout. Elle semblait tenir la poignée d'un fauteuil, que l'on ne voyait pas car il se trouvait justement sous le parapluie. Oui, c'était cela, le parapluie était planté dans le chariot, protégeant la personne qui se trouvait dessus.

Je portai maintenant toute mon attention sur celui-ci, l'œil rivé sur le verre grossissant, m'abstenant de respirer pour ne pas faire bouger la scène. J'étais persuadée que je venais de tomber sur un indice important, capital.

On reconnaît tout de suite la position d'une personne sous un parapluie par l'angle que celui-ci décrit. Les gens ont tendance à le tenir légèrement incliné vers l'arrière, afin de voir ce qu'il y a devant eux. Il me fut alors aisé de remarquer que ce parapluie, à la différence des autres, n'était pas orienté vers la scène mais vers la personne qui se trouvait juste derrière, c'est-à-dire Rose. Il n'y avait aucun doute. La personne qui était dessous avait tout vu. Elle avait vu l'assassin de Rose Rivières.

Bien entendu, celui qui avait réalisé le cliché, Eugène Faiblard, au bureau duquel j'étais accourue, n'avait aucune idée de qui pouvait être cette grosse bonne femme, qu'il remarquait pour la première fois (si elle avait été plus jeune, plus jolie, avec le décolleté plus ouvert, il ne serait sûrement pas passé à côté), mais il était d'accord avec moi sur le fait qu'il devait s'agir d'une accompagnatrice, d'une gouvernante, puisqu'elle tenait la poignée d'un fauteuil roulant sur lequel devait être assise une personne âgée ou handicapée.

Malheureusement, le parapluie dissimulait complètement cette personne et il était impossible de l'identifier.

– Si vous réussissez à trouver qui est cette bonne femme, vous trouverez qui est sur le fauteuil roulant, me dit Faiblard, de manière tout à fait logique.

Pour le coup, je n'avais pas ouvert mon pardessus, ce qui m'assurait sa totale concentration. Je lui demandai de découper le cliché autour de la dame blonde et d'agrandir son visage au maximum et lui commandai plusieurs copies de ce nouveau cliché, qu'il s'engagea à obtenir dans les deux heures, sans que j'aie à le menacer à aucun moment (avais-je dompté la bête ?), puis je revins au cabinet.

J'étais animée d'une excitation nouvelle. J'avais un témoin. Une personne avait vu ce qu'il s'était passé. Il suffisait de le (ou la) retrouver pour enfin connaître toute la vérité sur cette affaire. Ce n'était plus qu'une question de jours. Une fois informés de ma découverte, Catherine et Claude partagèrent mon euphorie et nous débouchâmes une bonne bouteille de vin pour fêter cela. Nous n'avions pas encore gagné et n'avions aucune idée de la culpabilité ou de l'innocence de notre client mais à ce moment-là ce genre de considérations était devenu secondaire. À ce stade, nous voulions simplement connaître l'identité du tueur, dûmes-nous souffrir du résultat. Quelques coupes plus tard, nous nous remîmes au travail, le cœur battant.

Je chargeai Catherine de rédiger une annonce. Nous

y ajouterions une légende : *Avez-vous vu cette femme ? Contactez-nous au...* Suivaient notre numéro de téléphone ainsi que le nom de mon cabinet.

Deux heures après, comme nous en étions convenus, je retournai à *La Gazette de M.* où Faiblard me remit une vingtaine de copies sur lesquelles j'écrivis à la main la note qu'avait rédigée Catherine. Claude, qui m'avait accompagnée, les placarderait dans des endroits stratégiques de la ville, sur la place de M., tout d'abord, qui avait été le théâtre de ce tragique événement, sur le muret d'affichage de la mairie, sur quelques platanes du centre, dans différents cafés et restaurants bien choisis. Nous apostropherions les passants dans la rue et leur montrerions le cliché. Tout cela me semblait si facile et j'étais convaincue que nous tomberions sur quelqu'un qui la reconnaîtrait.

Puisque nous nous trouvions dans les locaux du journal, j'en profitai pour passer une annonce. Elle serait publiée le lendemain matin et toucherait une bonne partie de la population. Nous venions de lancer l'hameçon à l'eau, il n'y avait plus qu'à attendre que le poisson morde.

Avez-vous déjà pêché ? Moi jamais. Mais il paraît que c'est une activité que seules peuvent entreprendre les personnes armées de patience. Tout ce que je ne suis pas.

C'est lent, ennuyeux, il faut savoir attendre, longtemps, et le résultat est toujours incertain. Il paraîtrait que l'expression « rentrer bredouille » a d'ailleurs été créée pour ce passe-temps que nous nommons la pêche.

Vous l'aurez compris, deux jours s'étaient écoulés et nous n'avions reçu aucun coup de fil. Sérieux du moins. Car une personne nous avait appelés pour nous dire qu'il s'agissait là de sa grand-tante morte il y avait trente ans d'une pneumonie, et que cela lui avait causé un sacré choc de la revoir là, sur cette photographie collée dans la rue. L'homme croyait aux esprits et y voyait un signe, un message de sa grand-tante, qui lui était personnellement adressé. J'avais raccroché avant d'écouter la suite.

Le second appel émanait du juge Ajas. Il voulait connaître mes raisons pour avoir organisé un tel battage autour de cette femme. « Et d'ailleurs, c'est qui ? Qu'est-ce que vous lui voulez ? Je ne sais pas si c'est bien légal ce que vous faites. – Ne vous inquiétez pas, monsieur le juge, si ce à quoi j'ai pensé fonctionne, vous serez le premier à être avisé. » Il avait maugréé au bout du fil, doutant que ce fût là une idée dont il devait être content.

Tenace, j'avais fait paraître l'annonce dans le journal le lendemain puis le surlendemain. C'est justement ce jour-là qu'il se passa quelque chose d'extraordinaire, alors que l'espoir m'avait presque complètement abandonnée.

La sonnette avait retenti dans le cabinet, j'étais allée ouvrir moi-même car je me trouvais dans le couloir à ranger quelques dossiers. L'homme qui était apparu dans l'encadrement de la porte avait ôté sa casquette de manière respectueuse en me voyant.

– Madame.

– Maître, rectifiai-je.

– Je viens pour l'annonce.

– L'annonce ? demandai-je, perplexe.

Je vous avoue que, sur le moment, je l'avais oubliée.

– La femme sur la photographie.

Je le fis entrer et l'installai dans mon bureau. Il refusa cependant de s'asseoir.

– Non, non, j'en ai pour une minute, je me sauve. C'était sur mon chemin, je vais travailler.

– Vous la connaissez ? questionnai-je en lui tendant le cliché où ne figurait que le visage de la femme.

Je sentis que mon cœur allait être expulsé de ma poitrine.

– Non, non, je ne la connais pas… mais je peux peut-être vous aider.

L'euphorie laissa la place à la déception et l'agacement.

– Je ne vois pas comment vous pourriez m'aider si vous ne la connaissez pas, monsieur.

Et j'en vins à penser que j'étais tombée sur un autre fou. Après le fantôme de la grand-tante, que serait-ce cette fois-ci ?

– Je ne la connais pas, dit l'homme en caressant de son doigt la photographie du journal, mais je peux vous dire que c'est une *Fräulein*.

– Pardon ?

– C'est une *Fräulein*.

– Une *Fräulein* ?

– Oui, une Allemande, une Boche, quoi. Je les reconnais à des kilomètres, j'ai fait la guerre, madame.

Je regardai le cliché. La grosse bonne femme, ses cheveux dorés, son teint pâlot de poupon, ses traits anguleux, carrés, sévères. Pourquoi pas ?

– Une Allemande ?

Il acquiesça de la tête.

– Ça devrait vous aider. Il doit pas y en avoir des pelletées, des Allemands, à M.

Il remit sa casquette, la souleva d'un geste courtois pour me saluer, tourna les talons et repartit d'où il venait.

Je restai un instant assise à mon bureau, immobile, silencieuse, n'entendant que le pianotement de Catherine sur son clavier. L'homme avait raison, les Allemands à M., c'était un peu comme les Noirs, ou les femmes avocates, il n'y en avait pas trente-six.

Il y avait toujours la possibilité que cet homme se trompe. Après tout, la nationalité d'une personne n'est pas écrite sur son front. Qu'est-ce qui différencie une Française de l'Est, de, mettons, Metz ou Colmar, et une Allemande, voire une Belge ? Évidemment, il y a quelques traits plus caractéristiques que d'autres mais tout cela est si délicat. J'étais moi-même originaire du sud de la France et pourtant j'étais très blonde. Aussi blonde qu'une Alsacienne.

Je n'avais pour l'instant aucune piste à suivre et je m'attachai à celle-ci comme à une planche du *Titanic* flottant à la surface. Si la femme était vraiment allemande, c'était un postulat qui me paraissait assez raisonnable pour constituer une nouvelle bonne base de recherches, alors il devait bien exister une trace d'elle quelque part. M., bien que de taille assez importante, n'avait pas de délégation, mais il m'était peut-être possible de trouver cette information dans leur ambassade à Paris.

Après avoir prévenu Catherine et Claude de mon intention de me rendre à la capitale, j'étais montée dans le premier train. C'était tout ce que je pouvais faire pour l'instant, me lancer à la poursuite de ce témoin oculaire mystérieux. Michel demeurait en prison, Christian Rivières était libre, et j'en venais à espérer que le second puisse bientôt prendre la place du premier. Et cette pensée jeta du sel sur ma blessure de cœur encore ouverte. Michel… Il me faudrait prendre une décision et c'est à cela que j'essayai de réfléchir tout le long du voyage en train. Le croire et l'aimer ou ne plus lui faire confiance et essayer de passer à autre chose. Lorsque j'arrivai à Paris-Gare-de-Lyon quelques heures après, je m'étais décidée. Si Michel était reconnu non coupable, je ne refuserais pas de le revoir et peut-être que nous pourrions continuer la jolie histoire que nous avions entreprise. Peut-être était-ce là une épreuve. Le chemin de l'amour en était jonché.

Ne voyageant avec aucun bagage, puisque ma mission consistait en un simple aller-retour, je sautai, légère comme l'air, dans un taxi en direction de l'ambassade. Le trajet ne dura qu'une quinzaine de minutes, au cours desquelles ma respiration et les pulsations de mon cœur allèrent crescendo.

Nous passâmes ce que je reconnus être la place de la Concorde, avec son gigantesque obélisque qui crevait le ciel, puis nous traversâmes la Seine. Un panthéon monumental, soutenu par douze colonnes et sur lequel était inscrit ASSEMBLÉE NATIONALE en larges lettres dorées, nous accueillit sur cette rive. À sa droite, une grande plaque en cuivre retint mon attention, sur laquelle je pus lire MINISTÈRE DES AFFAIRES ÉTRANGES. Je la fixai du regard tandis que le taxi continuait sa course en avant, et nous étions déjà hors de vue quand je me rendis compte qu'il y avait en réalité écrit MINISTÈRE DES AFFAIRES ÉTRANGÈRES. Mon esprit me jouait des tours, mais je me dis que si un tel ministère avait existé, il aurait traité d'affaires comme celle de Rose Rivières. Oui, cette enquête était bien la plus mystérieuse qu'il m'avait été donné de mener dans ma courte carrière. Et si elle était la première d'une longue série, alors oui, il faudrait créer tout un ministère pour cela.

Nous quittâmes les berges de la Seine et pénétrâmes dans un nouveau quartier. Il y avait beaucoup moins de commerces, pour ne pas dire aucun, les rues étaient propres, les constructions étaient immenses, classiques, luxueuses. Des établissements officiels, plus splendides les uns que les autres, se succédaient. Dieu, ce que Paris était belle ! Et je me promis d'y revenir plus tard, accompagnée de Michel, peut-être, pour prendre notre temps et la visiter telle qu'elle le méritait. Ce pourrait être un nouveau départ pour nous, dans le plus joli des cadres, la ville de l'amour.

Le chauffeur me laissa devant un hôtel particulier. Un porche en haut relief et deux minces colonnes évoquaient une influence égyptienne. Je descendis et fis signe au conducteur de ne pas partir car rien sur le bâtiment ne renseignait sur sa nature. Il n'y avait aucun drapeau, aucune plaque. Je montai les escaliers et entrai. L'endroit était désert. Au bout de quelques secondes, un homme en costume noir apparut. Il me regarda, intrigué. Je lui expliquai ma présence en ces lieux. Il me répondit avec gentillesse que l'ambassade ne se trouvait plus ici. À quelques pas de là, si je sortais et prenais tout de suite sur ma droite, il y avait une annexe où l'on pourrait me renseigner. Je le remerciai et quittai les lieux. Une fois assurée de cette nouvelle adresse, je payai le chauffeur de taxi et le congédiai.

Sur un mur de pierres nobles, percé d'une petite porte, était accroché un bouclier en fer sur lequel on pouvait voir un aigle noir dépliant ses ailes sur fond jaune. Il n'y avait aucun drapeau noir, rouge et jaune, mais le rapace me semblait être un symbole allemand. Je poussai la porte et entrai. Un petit chemin menait à une maison dans laquelle s'affairait une multitude de gens. Je m'approchai d'un guichet, déclinai mes nom et fonction, expliquai brièvement l'objet de ma visite et l'affaire sur laquelle je travaillais, affaire qui était apparemment remontée jusqu'à Paris puisque le fonctionnaire en avait entendu parler, puis je demandai à consulter le registre des Allemands résidant ou travaillant à M.

– C'est un honneur que d'apporter notre concours à la justice, s'exclama, enjoué, le secrétaire de l'ambassade, un certain Leyenberger, que l'on s'était empressé d'aller chercher. Mais j'espère qu'aucun de nos ressortissants n'est impliqué dans cette sombre affaire.

L'homme m'invita à le suivre d'un geste assez théâtral. Nous arrivâmes bientôt dans une pièce où s'étendait une grande table sur laquelle des classeurs, que l'on venait sans doute de consulter puisqu'ils étaient ouverts, étaient posés.

– Comme témoin, monsieur le secrétaire, comme témoin seulement.

– Oh, vous m'en voyez ravi.

L'homme, grand, le crâne dégarni, de belles lunettes dorées sur le nez, parlait parfaitement notre langue.

– Voyons voir, dit-il en tirant d'un archiveur en métal disposé dans le coin de la pièce un grand registre semblable à ceux que l'on utilisait dans les hôtels de luxe.

Il s'humecta le doigt et feuilleta les pages avec un air de grande concentration. Il releva presque aussitôt la tête :

– Dites-vous bien que nous n'avons une trace que des personnes qui s'inscrivent. C'est un acte volontaire, non obligatoire. Il se peut que la personne que vous recherchez ne se soit pas inscrite à l'ambassade.

– Ce serait fâcheux pour moi, mais c'est le risque.

– Bien, bien, dit-il en se replongeant dans la lecture de son registre. Voilà, il n'y a que cinq Allemands recensés à M. Trois hommes et deux femmes.

En effet, il n'y en avait pas trente-six.

– Cela limitera les recherches, répondis-je satisfaite, c'est une femme.

Je sentais que j'approchais du but. Résoudre une énigme était une source d'excitation intense que seul pouvait m'offrir mon métier. Je sortis une cigarette, en proposai une à l'homme, qui déclina mais mit à ma disposition un cendrier, et je tirai une grande bouffée.

Mon corps fut assailli par la frénésie intense de la nicotine.

– Une certaine Maria Gärtner et une Adélaïde Kriesten.

En citant ces deux noms, il retrouva pendant quelques secondes son accent allemand.

– Auriez-vous leur âge ? demandai-je.

Il me considéra un instant en me lorgnant au-dessus de ses lunettes dorées, sourit, puis son regard replongea dans le livret. Son doigt glissa sur le papier, s'arrêta sur des chiffres que je devinai être une date. Puis il leva les yeux au ciel en bougeant les lèvres. Si je ne l'avais pas su en train de calculer, j'aurais pensé qu'il priait un dieu quelconque.

– La première a soixante-douze ans, la seconde... quarante-quatre.

Quelquefois, les astres s'alignent et alors tout devient simple d'un coup. Il n'y avait pas de doute, malgré la mauvaise qualité de la photographie compte tenu de l'éloignement de l'objectif, la femme que je recherchais était la plus jeune, celle de quarante-quatre ans. Mais il se pouvait que la personne dans le chariot soit celle de soixante-douze ans. Si c'était le cas, ce serait un doublé gagnant.

– Ce pourrait être Adélaïde Kriesten, dis-je en prononçant mal le nom, mais l'homme ne me reprit pas. Auriez-vous une photographie ?

– Malheureusement pas.

– Et des informations à son sujet ?

– Séjour pour raisons professionnelles, lut-il. Elle travaille en France… depuis octobre de l'année dernière, et, tiens, voilà qui est étrange !

– Que se passe-t-il ?

– Eh bien, *Frau* Kriesten est repartie en Allemagne. C'est à peine croyable.

– Quoi donc ?

J'écrasai ma cigarette dans le cendrier en verre. Le secrétaire releva la tête, ôta ses lunettes et me fixa de ses yeux marron.

– Elle est repartie le 26 décembre dernier. N'est-ce pas le lendemain du meurtre de la pauvre Rose Rivières ? Elle est morte le jour de Noël, si je ne m'abuse.

– C'est bien ça. Le 25.

– Et vous ne trouvez pas bizarre que cette femme monte dans un train, passe la frontière et rentre dans son pays le lendemain du meurtre ?

C'était lui qui jouait les détectives maintenant.

– J'avoue que c'est assez… surprenant. Savez-vous ce qu'elle faisait en France ?

– J'ai le nom de son employeur. La société Bauer & Hoffmann, un service d'accompagnement pour personnes âgées, entre autres. C'est très connu dans notre pays.

Il n'y avait maintenant aucun doute. Cette Adélaïde Kriesten était bien la personne que je recherchais.

– J'ai encore mieux que cela. Son adresse en Allemagne. Vous la voulez ?

Si je la voulais ? Je me retins d'embrasser l'homme et acquiesçai en hochant la tête.

J'appelai mon cabinet et mis mes assistants au courant. La piste semblait bonne. Je dis bien *semblait* car dans cette affaire, je ne pouvais plus être sûre de rien. Même si j'étais intimement persuadée, pour une raison que j'ignore encore à l'heure où j'écris ces lignes, que bientôt, je découvrirais la vérité. Ce n'était maintenant plus qu'une question de temps et je n'avais rien d'autre à faire que de me laisser guider par ce nouveau coup dans cette partie d'échecs. J'avais conscience d'avoir fait le plus difficile, Adélaïde Kriesten se trouvait au bout de ce fil d'Ariane, à l'adresse que m'avait écrite le secrétaire de l'ambassade. Et comme dans un jeu de piste, celle-ci, à son tour, me donnerait la dernière information qui me permettrait de retrouver mon témoin et résoudre le mystère, à savoir l'assassinat de Rose Rivières.

Le voyage jusqu'à Hambourg fut le voyage le plus long qu'il m'avait été donné de faire dans ma vie. Je n'étais jamais allée plus loin que Paris, dans un sens, et les Pyrénées, dans l'autre.

On vérifia mes papiers à la frontière et on me laissa continuer ma route. Je me restaurai dans le train, cela fit passer le temps plus vite.

Je repassai une dernière fois dans ma tête les questions que je poserais à Adélaïde. Il me faudrait être délicate, rusée, car j'ignorais pourquoi elle avait fui la France en hâte. Peut-être tout ceci n'était-il qu'une simple coïncidence. Lorsqu'on est avocat, on a tendance à mépriser, ou du moins sous-estimer les coïncidences car elles portent en elles les racines du doute. J'étais sûre d'une seule chose, si tant est que je puisse l'être, j'en étais venue à suspecter tout le monde à un moment ou à un autre dans cette affaire, et j'aurais sans aucun doute suspecté Adélaïde si je n'avais pas vu noir sur blanc les mains de l'assassin sur le cou de Rose, et la bonne femme regarder le spectacle de Noël à côté, avec toute la tranquillité du monde.

Je remarquai que ce voyage avait un effet revigorant sur ma personne. Je me sentais, d'une certaine manière, libre. Libre, je l'étais, mais l'on est trop souvent ancré à notre vie quotidienne, la maison, le travail, et fuir, ne serait-ce que pour quelques heures, le paysage familier qui compose notre existence, tout en gardant la réconfortante certitude de pouvoir y revenir à tout moment, nous entraîne dans une nouvelle dimension où tout est possible. Ce n'est qu'une illusion mais le lâcher-prise est d'une jouissance extrême. J'étais libre de passer des frontières, sur un coup de tête, et parcourir des milliers de kilomètres en train. C'était comme si, après le pays de Goethe, je m'apprêtais à continuer mon chemin vers la Pologne, la Russie, traverser ce magnifique pays que je ne connaissais que dans les romans de Dostoïevski, découvrir la Chine, sauter dans un bateau et me heurter au Japon.

L'annonce de la gare de Hambourg mit fin à mes rêveries.

Je descendis, donnai au premier chauffeur de taxi venu l'adresse d'Adélaïde Kriesten, et me laissai surprendre par la suite de mon aventure.

Profite, me disais-je, car ce n'est pas tous les jours que tes affaires te mèneront à l'étranger. Et je profitai de cette visite impromptue de la ville. D'abord Paris, maintenant Hambourg. C'était un délice pour les oreilles et les yeux.

J'entendais les conversations vives qui éclataient dans la rue dans cette langue autoritaire qu'est l'allemand et essayais d'en apprécier la musicalité. Je devais être dans de bonnes dispositions car je lui trouvais soudain du charme. Les automobiles n'étaient pas si différentes de celles que l'on trouvait en France, mais l'architecture, elle, était incomparable. Il y avait d'abord eu la gare centrale où j'étais arrivée, pompeuse, aux toits vert délavé et au clocher à horloge semblable à celui de la gare de Lyon à Paris, ce qui m'avait donné l'illusion que j'étais revenue sur mes pas. Mais en sortant, la différence avec la capitale française était abyssale. Les bâtiments n'avaient pas la même blancheur, la même clarté, qu'à Paris ou en province, ils étaient rouges ou marron, en briques, imposants, industriels, ce qui leur conférait un air froid et sévère, surtout en cette saison de l'année. Les trottoirs étaient plus amples, les chaussées plus pavées. Les fenêtres étaient différentes, les portes, les réverbères. Tout cela augmentait la sensation d'être dans un décor de théâtre que l'on aurait déplié ou monté pour moi seule.

Nous nous arrêtâmes bientôt devant un immeuble modeste dont la peinture de la façade était écaillée. Le chauffeur m'indiqua une porte en bois foncé surmontée d'un balcon en fer forgé. Je lui donnai les quelques billets que j'avais changés à la frontière.

La porte était ouverte et j'entrai. Sur une boîte aux lettres, je trouvai le nom de Kriesten suivi d'un numéro, le 2, que je déduisis être l'étage.

Je montai les escaliers en bois qui craquèrent sous chacun de mes pas. On entendait des voix un peu partout. Des rires, des enfants qui jouaient, la radio. Tous ces sons nouveaux, et à la fois reconnaissables, car les rires, les enfants qui jouent et la radio sont identiques partout dans le monde, se mêlaient en une allègre cacophonie qui renforça mon sentiment d'être en terrain inconnu.

Arrivée au deuxième étage, je frappai à une porte. Elle était abîmée. La peinture était partie, la serrure semblait avoir été forcée. Tout cela ne fut pas pour me rassurer. Je cherchai tout de même un peu de courage au fond de moi et redoublai mes coups.

Je ne l'avais jamais vue en chair et en os (elle était plus en chair qu'en os, d'ailleurs), juste sur une photographie en noir et blanc au milieu de la foule, mais je reconnus immédiatement, en la grosse dame blonde au visage de porcelaine qui m'ouvrit, la mystérieuse femme que je cherchais. Adélaïde Kriesten. Ce fut pour moi un immense soulagement, à peine teinté d'une pointe d'appréhension.

Elle commença à me parler en allemand, je l'arrêtai d'un mouvement de la main et me présentai à elle dans ma langue. Ce n'est que lorsque Adélaïde continua à me parler en allemand que je compris que la tâche n'allait pas être si aisée.

– Vous ne parlez pas français ? lui demandai-je, stupéfaite.

– Français, *nein*, répondit-elle.

– Mais vous avez vécu quelques mois en France, à M. !

– Oh, M. ! *Es ist eine so schöne Stadt !* s'exclama-t-elle en souriant. *Sie sind aus M. ? Kommen Sie bitte herein !*

Elle s'écarta et je compris qu'elle m'invitait à entrer, ce qui était ma foi fort aimable de sa part, et bien peu prudent, sachant qu'elle ignorait tout de mes intentions. Je lui obéis néanmoins en pensant qu'il me fallait revoir mes ambitions à la baisse, il nous serait impossible d'avoir la conversation que j'avais imaginée.

Elle me guida jusqu'au salon, m'intima de prendre place sur le divan et disparut. Quelques secondes après, elle revint avec une cafetière et deux tasses sur un plateau.

– *Möchten Sie ?*

– Oui, merci.

Je n'étais pas une grande adepte du café mais je pensai que cela aiderait peut-être à installer une atmosphère dans laquelle l'échange serait plus cordial.

Elle me servit, se servit à son tour puis s'assit en face de moi, sur un fauteuil recouvert d'un plaid en dentelles. Elle but tout en me dévisageant par-dessus sa tasse, et je compris alors qu'elle attendait que je lui expose les raisons de ma visite. Je le lui devais, elle venait d'accueillir une totale inconnue dans son salon et de lui offrir un café. L'hospitalité allemande remonta dans mon estime.

– J'ai des informations qui me donnent à croire que vous travailliez à M. pour une famille française. Vous

vous occupiez d'une personne âgée. J'aimerais juste connaître son nom.

Elle continuait de me fixer, muette, tout en buvant son café. Elle soufflait dessus pour le refroidir puis avalait une gorgée. Ses yeux ne me quittaient pas. Mais elle ne répondit pas.

– Vous avez quitté votre poste en France le 26 décembre pour rentrer à Hambourg. Pourquoi ?

Elle me fit un signe, se leva et disparut à nouveau. Je l'entendis ouvrir la porte d'entrée puis ses pas résonnèrent dans les escaliers. Elle ne comprenait pas un traître mot de ce que je lui disais, elle allait chercher quelqu'un pour traduire, ce ne pouvait être que cela.

Je me levai, la tasse de café aux lèvres, et fis le tour du salon. Sur une étagère, il y avait une photographie d'Adélaïde plus jeune. On reconnaissait son regard, ses joues bien rouges, sa peau blanche et ses boucles blondes. Elle mangeait une fraise en souriant. À côté, se trouvait le portrait d'un homme et d'une femme, sans doute ses parents. Il y avait une petite bibliothèque en bois remplie de livres en allemand. Je reconnus quelques noms. Goethe, Victor Hugo. Je feuilletai *Die Elenden*, que je pensai être *Les Misérables*, car je tombai sur un « Inspektor Javert » qui ne pouvait être que l'ennemi juré de Jean Valjean.

Adélaïde revint alors que je m'apprêtais à poursuivre mes investigations dans le reste de l'appartement. À ma grande surprise, elle ne revenait avec personne mais avec une boîte de biscuits qu'elle venait juste d'acheter chez l'épicier du coin. Ce fut une immense déception, que l'ingurgitation d'un de ces boudoirs, ma foi très bon, ne réussit pas à vaincre. Il me fallait faire une croix sur les explications concernant son départ précipité de France.

– Je suis avocate, dis-je. J'ai la conviction que la personne que vous gardiez à M. est le témoin unique d'une affaire d'assassinat.

Elle acquiesça de la tête en souriant (signe qu'elle ne comprenait vraiment rien) et m'offrit un nouveau biscuit, que je mangeai, désemparée.

Je me souvins soudain que j'avais les photographies sur moi et je retrouvai un peu d'espoir. J'ouvris mon sac et les sortis. Je les posai sur la table entre nous puis pointai mon doigt sur son visage entouré d'un cercle.

Elle eut un petit cri de surprise.

– *Aber das bin ja ich !*

– C'est vous, là.

– *Das bin ich !* répéta-t-elle. *Am ersten Weihnachtstag !*

– Je veux savoir qui est là.

Je posai mon doigt sur le parapluie qui se trouvait devant elle.

– *Herr* Basile ! s'exclama-t-elle, et je compris que mon entreprise, risquée et incertaine en premier lieu, avait réussi.

– Basile ?

Elle dodelina de la tête, comme ravie de retrouver un ami.

– Basile comment ?

– *Ja*, Basile. *Herr* Basile.

– *Herr* Basile, répétai-je. D'accord (je la pointai de mon index :) Adélaïde Kriesten (dis-je en appuyant sur son nom de famille, puis je revins à la photo), Basile…

– Boniteau !

Bingo ! Je pris un morceau de papier et écrivis Basile Bonitaud. Elle me prit le stylo de la main et corrigea. Boniteau.

– Boniteau ?

Elle acquiesça de la tête.

– Basile Boniteau était le monsieur dont vous vous occupiez ?

Elle secouait la tête, aussi heureuse que moi de retrouver des personnes qu'elle avait aimées. Cela lui rappelait la France, et les bons moments qu'elle y avait vécus en s'occupant de M. Boniteau.

Je venais de faire un pas en avant. J'avais un nom, je savais qu'il habitait à M. J'avais accompli le plus difficile, le retrouver serait maintenant un jeu d'enfant.

Sur le chemin du retour, je ne pus m'empêcher de penser à Michel. D'un côté, il me dégoûtait. Les mensonges, l'amour qu'il avait eu pour Rose. De l'autre, son sourire, ses mots, ses mains, ses yeux, sa vie à Yaoundé qu'il avait perdue pour un pays qui ne le méritait pas, qui ne l'aimait pas, qui ne voulait pas de lui. Et ses paroles. *Tu sais, je ne me sens plus seul depuis que tu es… là, enfin, dans ma vie. Toi, tu es là. Qui n'as pas peur. Toi, à côté de moi. Ta main dans la mienne. Toi qui m'écoutes comme on ne m'a jamais écouté. Toi qui me défends. Toi qui me crois.* Mais j'avais cessé de lui tenir la main, j'avais cessé de le croire. J'avais cessé d'être là. Je courais maintenant mais était-ce pour le défendre ou pour me prouver que j'avais raison depuis le début, qu'il n'était pas coupable ? L'aimais-je encore ? Il n'y avait pas de doute. Oui, je l'aimais. Et je me sentis coupable de l'avoir laissé seul. Si Michel n'était pas l'assassin de Rose, chose que je saurais bientôt et que je ne pouvais me résoudre à croire, chose que je ne voulais pas croire, jamais plus je ne le laisserais seul. Nous irions à Paris, il me ferait connaître son Afrique, Yaoundé. Non, jamais plus nous ne serions seuls. Nous serions lui et moi, et plus rien ne compterait dans le monde. Juste nous. Oui, j'étais maintenant convaincue, voilà ce que je voulais.

En arrivant à la gare de l'Est, je téléphonai à mon cabinet. Je tombai sur Claude et lui fis part de l'avancée de mes investigations. Puis je le chargeai de se rendre à la mairie afin de collecter des informations sur Basile Boniteau. Il nous fallait son adresse.

Dans le train à destination de M., le quatrième que je prenais dans la même journée, je me demandai pourquoi cet homme n'avait rien dit à la police. Il avait tout vu, c'était évident, l'orientation du parapluie, au-dessus de son fauteuil, dirigé vers Rose Rivières, le prouvait. Qu'est-ce qui avait bien pu le retenir ?

Connaissait-il l'assassin ? Avait-il peur des représailles ? Pourquoi s'était-il tu durant de longues semaines ? Il n'avait pas pu passer à côté de l'événement. Un fait divers de ce genre n'arrivait que très rarement à M. Son caractère mystérieux, macabre, avait valu l'engouement de toute la population. Alors pourquoi n'était-il pas sorti de son silence ? Parce qu'il avait bien vu Michel ce matin-là étrangler Rose Rivières ? Et que, la police l'ayant arrêté, il n'avait pas trouvé nécessaire de sortir de sa tranquillité pour appuyer l'évidence ?

Je ne cessai de penser à cela. *Pourquoi n'as-tu rien dit, Basile Boniteau ? Raconte. Pourquoi ?* Des dizaines de raisons commencèrent à défiler dans mon esprit. Basile était aveugle. Il n'avait rien vu et c'est pour cela qu'il n'avait rien dit. Basile connaissait l'assassin et voulait le protéger. Basile était sénile ou seulement taré. Et puis, une idée germa au plus profond de mon esprit. Une idée dévastatrice, dévastatrice car elle anéantissait ce monument de logique sur lequel j'avais érigé mon opinion jusqu'à présent. Oh, il y avait bien une réponse, oui. Et plus elle se frayait un chemin dans mes convictions, plus elle les ébranlait. Ma respiration se fit plus saccadée, j'ouvris la fenêtre du wagon, assaillie d'une bouffée de chaleur et d'une nausée qui me paralysa soudain.

Mon Dieu, pensai-je, je viens de comprendre.

Étranger à l'entreprise que l'on a mise en branle pour le retrouver, Basile Boniteau passe des jours heureux avec sa nouvelle accompagnatrice, Fanny. Elle ne cuisine pas très bien, moins bien que l'autre en tout cas, mais elle est plus conciliante, moins tyrannique. Elle crie moins, s'occupe moins de lui, ce qui n'est pas pour lui déplaire. Il a enfin retrouvé toute la liberté dont il rêvait.

Il passe ses journées en compagnie de Bruno. Le pauvre Bruno. S'il pouvait, Basile se sentirait responsable de son état, car toutes ses blessures, ses cicatrices, c'est bien à cause de lui, cependant il ne ressent aucune culpabilité. Non, Basile est incapable de ressentir la moindre compassion, le moindre soupçon d'empathie pour Bruno, incapable de se retenir de lui faire du mal, même s'il l'aime. Même si Bruno est d'ailleurs le seul être qu'il aime vraiment sur cette terre. Bruno, de son côté, est incapable de se défendre. Il subit les colères et les crises de Basile sans rien dire, en sursautant sous les assauts, sous la violence des coups. Il ne peut rien dire. Il ne peut que se laisser faire. Se laisser pincer, se laisser tirer les poils, se laisser tirer les bras, se laisser étrangler. C'est une petite torture quotidienne. Bruno est docile, soumis. Il se laisse malmener sans s'opposer, sans se défendre, le regard perdu dans le vide, son regard d'un seul œil qui ne demande ni ne supplie. C'est pour cela que Basile l'aime, car il peut en faire ce qu'il veut et Bruno ne dit jamais rien. Et puis, après les coups, après les crises, Basile le prend dans ses bras, lui sourit, lui parle tendrement et tout redevient alors comme avant. Tout est oublié. Jusqu'à la fois suivante. C'est ainsi qu'agissent les plus grands psychopathes.

Basile a traîné Bruno avec d'incommensurables efforts jusque dans sa Citroën rouge, l'a assis sur le siège passager avant d'aller prendre place derrière le volant. S'il s'écoutait, ou plutôt si Fanny ne l'en empêchait pas, il passerait ses journées dans sa voiture. Il n'en descendrait que pour manger ou dormir. Et encore. Il y mangerait, il y dormirait, dans sa voiture, c'est son asile, son havre de paix. Mais Fanny n'est pas aussi laxiste que cela. Il y a des limites à tout. On l'a prévenue. « Attention, s'il peut tirer parti de vous, Basile n'hésitera pas une seule seconde. Il faut être ferme avec lui. Il sait manipuler les gens ! » Mais elle rétorque : « M. Basile est très facile à vivre. – Bien, bien, mais attention quand même ! – Ne vous inquiétez pas, je suis peut-être jeune mais j'en ai vu d'autres. »

Oui, je venais de comprendre et je me mis à prier pour que le train aille plus vite, pour que je sois déjà arrivée à M., que Claude ait déjà trouvé l'adresse de ce Boniteau et que je fusse en ce moment même en chemin, cherchant du regard le numéro de la rue qui m'opposerait à lui.

Je m'étais trompée du tout au tout. J'en étais maintenant convaincue. Comment avais-je pu être si sotte ? Basile Boniteau n'était pas le témoin de l'assassinat de Rose Rivières, il était le meurtrier.

SIXIÈME PARTIE

BASILE BONITEAU

J'avais pensé à tort que si l'on ne voyait pas la personne qui se trouvait derrière la victime, c'était parce qu'elle était plus petite qu'elle, mais il y avait une autre explication. L'assassin était assis et ne s'était que légèrement levé de son fauteuil roulant pour étrangler la jeune femme.

Sur la photo, on devinait la main d'Adélaïde Kriesten posée sur la poignée d'un chariot, mais l'angle ne permettait pas de savoir où celui-ci se trouvait exactement : devant la victime, ou à côté, du côté le plus opposé à l'accompagnatrice, sur le flanc droit de Rose Rivières ? J'avais pensé que Basile Boniteau était sous le parapluie devant la jeune femme, parce que c'était logique de croire cela, mais le parapluie n'était là en réalité que pour dissimuler le fait qu'il n'y avait personne dessous.

À cette simple pensée, mes cheveux se dressèrent sur la tête.

Tout fonctionnait.

Basile Boniteau était peut-être un vieil homme mais

il était loin d'être sénile, comme j'avais pu l'imaginer un instant. Il était en pleine possession de ses facultés, il savait ce qu'il faisait. Peut-être avait-il simulé un handicap, peut-être n'était-il pas infirme ou impotent, peut-être n'avait-il joué ce rôle que dans le simple objectif de ne jamais être inquiété. Jouer un rôle pendant des mois avec la seule intention de tuer quelqu'un, on avait déjà vu cela. Certains mettaient des années à échafauder une vengeance, relisez donc *Le Comte de Monte-Cristo* !

Assis sur un fauteuil roulant, il ne devait pas mesurer beaucoup. Il ne dépassait donc pas de la tête de Rose. Il avait mis des gants noirs pour l'occasion, pour le froid, ou pour ne pas laisser d'empreintes digitales, il n'avait sûrement pas pensé que la police le prendrait pour un Noir, le seul Noir de M., Michel. Cela, ç'avait été le petit coup de pouce du destin, de la chance. Et j'en frémis à la simple idée.

Basile regarde ses mains. Puis Bruno, gisant sur le sol. Il regarde ses mains à nouveau, comme s'il ne comprenait pas ce qu'il vient d'arriver, comme s'il se réveillait juste maintenant, sans avoir conscience de ce qu'il s'est passé juste avant. Encore une de ses crises. Mais il y est peut-être allé un peu fort cette fois-ci. Il tourne la tête vers Bruno qu'il vient d'éventrer. Son esprit traite l'information. Ça y est, il mesure l'importance de son geste, les conséquences de son acte. Une larme commence à rouler sur sa joue. Mais avant qu'elle n'atteigne son menton, ses lèvres tremblent, imperceptiblement, avant d'esquisser un sourire. Timide d'abord. Et alors il commence à rire.

En gare de W., un homme et une femme entrèrent dans mon compartiment. L'homme s'assit en face de moi, la femme à ma droite. Ils avaient l'air de former un couple car il lui demanda si elle avait bien les billets, question à laquelle elle répondit par l'affirmative. Le regard de l'homme vint alors se poser sur moi. Puis il observa la gare depuis la fenêtre. Lorsque le train démarra, l'homme tourna à nouveau discrètement les yeux vers moi. Sur ma poitrine d'abord, puis il remonta lentement vers mon cou, ma bouche. Si ses yeux avaient été des mains, il m'aurait violée d'un simple regard. Il sursauta quand il s'aperçut que je le fixais et s'égara dans le paysage de campagne qui défilait maintenant derrière le carreau. Afin de ne pas supporter cette désagréable sensation plus que nécessaire, je me levai et sortis du compartiment, j'avais de toute façon besoin de me dégourdir les jambes. Je sentis une dernière fois ses yeux sur mon dos lorsque je refermai la porte.

Je longeai le couloir, les bras écartés afin de me retenir aux parois car le train cahotait légèrement. J'avais vu un panneau annonçant le wagon-restaurant et je décidai d'aller boire un verre de vin blanc. Il restait encore un peu de temps avant d'arriver à M. C'était de loin le meilleur moyen de passer le temps.

Assise à une table, j'allumai une cigarette et perdis mon regard sur les champs jaunes qui défilaient à une vitesse impressionnante. Dans quelques heures, je rencontrerais Basile Boniteau. Dans le meilleur des cas, je lirais dans ses yeux, si ce n'est dans ses paroles, sa culpabilité dans l'affaire Rose Rivières, tout serait terminé, j'aurais gagné et Michel serait relâché, nous irions dîner pour fêter cela, nous nous charmerions de nouveau, nous recommencerions une histoire, sur de bonnes bases cette fois-ci, et nous nous aimerions jusqu'à la fin des temps. Dans le pire des scenarii, Boniteau me révélerait ce qu'il avait vu, Michel, « ce grand Noir, étrangler cette si jolie jeune femme au milieu de tous ces parapluies et de ces gens absents ». Mon monde s'effondrerait. J'aurais perdu. Je me retrouverais seule, anéantie.

Je bus une gorgée de vin, tirai une bouffée de cigarette et posai mon regard sur l'intérieur du wagon-bar. Quelques tables étaient vides. Ce n'était pas encore l'heure de dîner.

Soudain, la porte s'ouvrit et un homme entra. D'abord, car il était un peu loin, je ne vis que sa démarche et sa silhouette. Assez petit, massif. Le genre d'homme qui n'attirait pas mon attention d'habitude. Cependant, je continuai de le regarder, animée par la curiosité du nouveau venu. Je vis une chemise à carreaux jaunes et noirs sous une veste et mon cœur ne fit qu'un bond. Son visage devint net et je reconnus Christian Rivières.

Il eut l'air de me reconnaître lui aussi car son regard croisa le mien et il s'approcha en souriant.

– Quelle coïncidence ! dit-il en se plantant devant moi.

– Vous l'avez dit ! Vous rentrez de Paris ?

– Des papiers importants à régler. Vous aussi, j'imagine.

– Oui, répondis-je, quelque peu nerveuse.

– Puis-je me joindre à vous ?

– Je vous en prie.

Il se tourna vers un serveur, demanda un pastis avec beaucoup d'eau et s'assit en face de moi.

– Je n'ai toujours pas reçu le versement de l'assurance, asséna-t-il alors en me fixant de ses yeux noirs.

– Oh, je vous ai dit, il faut un mois ou deux pour…

– Je ne veux pas vous faire souffrir plus longtemps, je sais tout.

– Vous savez tout ? Sur quoi ? Je ne comprends pas.

– Sur vous. (Il se tut le temps que le serveur lui présente sa boisson, puis reprit :) Vous n'êtes pas plus assureur que moi. Vous êtes l'avocate chargée de défendre ce… Nègre.

Ses paroles me stupéfièrent.

– Depuis quand savez-vous ?

– Depuis le début.

– La fois où je suis passée vous voir ?

Il acquiesça de la tête et je ressentis une immense honte. Je crois même que mon visage s'empourpra car je sentis le sang me monter aux joues. Une bouffée de chaleur envahit ma poitrine.

– J'avais vu votre photographie dans le journal. L'avocate qui étrangle son client en plein tribunal. Vous êtes célèbre, vous savez ? Par contre, l'histoire du lézard géant, ce n'était pas un peu trop ?

– Pourquoi ne m'avez-vous rien dit ?

– Parce que je voulais voir jusqu'où allait votre imagination. J'avoue que vous êtes assez convaincante et que si je ne vous avais pas reconnue, j'aurais marché. J'imagine que pour être avocat il faut être un peu comédien. Vous m'avez amusé.

– Vous êtes cruel.

Il but une gorgée de son affreuse boisson anisée. Je détestais cette saveur, cette odeur, les hommes qui buvaient cela, je le détestais lui, pour tout ce qu'il représentait. Il n'avait peut-être jamais frappé Rose mais il avait détruit sa vie en l'ignorant, c'était peut-être pire que les coups d'un homme qui vous aime, je ne sais pas.

– Qu'êtes-vous allée faire à Paris ? me demanda-t-il en durcissant le ton.

– Hambourg, rectifiai-je. Des preuves pour décharger mon client de tout soupçon. C'est mon métier.

– Ne me dites pas que vous croyez qu'il est innocent !

– Je n'ai pas à croire cela pour faire mon travail, mais cela aide.

Il sourit et détourna son regard vers les maisons qui défilaient derrière le carreau.

Nous passions un village. À cette vitesse, on ne voyait des toits et des façades qu'une longue traînée rouge brique et blanche.

J'étais sur le point d'allumer une autre cigarette lorsque la porte s'ouvrit à nouveau et un enfant entra. Il était seul et semblait perdu ou chercher sa maman car il pleurait. Une dame se pencha au-dessus de lui, s'inquiétant de son sort, mais quand il aperçut Christian Rivières, il parut soulagé et vint vers nous d'un pas plus déterminé quoique maladroit. Puis il se planta à côté de lui en disant « papa ».

Je scrutai son visage sans y croire.

Ce n'était pas possible.

Il portait sur lui la vérité sur toute cette affaire et je sus alors, à la seconde où je le vis, qui avait tué Rose.

Cela tenait à quelques détails, mais une observation minutieuse aurait tôt fait de déterminer qu'Edmond n'était pas blanc. Pas de race blanche, je veux dire. Du moins, pas seulement. La couleur de sa peau n'était pas aussi noire que celle de son véritable père, ses cheveux étaient plus clairs aussi, un peu moins bouclés, plus soyeux, mais il avait le teint hâlé et son nez était large et écrasé. Aucun doute ne pouvait subsister sur le fait que cet enfant fût mulâtre et qu'il ne fût autre que le fils de Michel.

Non, il n'était pas de la chair de Christian Rivières, et cela ne pouvait lui avoir échappé le jour où il était né, le jour où il l'avait vu pour la première fois après l'accouchement. Je repensai alors aux paroles qu'avait rapportées Rose dans son journal, la réaction de son mari en voyant leur enfant. *Il avait regardé horrifié ce petit être, sans oser le toucher. Il avait regardé Rose, puis le bébé. Il avait sorti une cigarette de la poche de sa chemise et s'était mis à fumer, nerveusement. Elle lui avait dit : « Embrasse ton fils, prends-lui la main. » Il avait jeté un « Tu plaisantes ? D'où sort ce monstre ? Et je n'aime pas comme il me fixe ! Regarde-moi ce nez, regarde-moi ces cheveux ! ».*

– Qu'est-ce que tu fais là, toi ? demanda Christian Rivières. Je t'avais demandé de rester dans le compartiment.

– J'ai faim.

– Tu mangeras à la maison.

– Edmond ? demandai-je.

L'enfant me regarda, stupéfait qu'une inconnue lui adresse la parole ou le connaisse, puis acquiesça d'un mouvement de tête sans dire un mot, terrassé par la timidité.

– J'ai beaucoup entendu parler de toi, tu sais, dis-je en souriant. Tu as faim, bonhomme ?

Il regarda son père qui se tourna vers la fenêtre. Je fis un signe au serveur et demandai qu'on lui préparât un sandwich jambon-beurre avant de raccompagner l'enfant dans son compartiment.

– Compartiment 4, dit Christian, places 10 et 12.

Le serveur s'inclina et prit l'enfant par la main.

– Viens, mon bonhomme, on va te préparer un bon casse-croûte.

– Vous ne l'aimez pas, n'est-ce pas ? demandai-je à l'agriculteur lorsque le serveur et l'enfant eurent disparu.

Christian Rivières ne daigna pas détourner son regard de la fenêtre.

– Il porte sur son visage les traces de votre honte, n'est-ce pas ?

Il serra les mâchoires.

– Je reviens de Paris où je suis allé faire les papiers pour le donner à une famille, dit-il. Une famille installée à P. où il sera très bien. Mieux qu'avec moi.

– Vous voulez dire que c'est vous qui serez mieux sans lui. Ce que vous faites est ignoble. Cet enfant a déjà perdu sa mère. Il va maintenant perdre son père.

– Mais je ne suis pas son père ! se défendit-il avant de boire une nouvelle gorgée de pastis. Ce bâtard mulâtre n'aura jamais jouissance de ma paternité.

Cette phrase fut comme un électrochoc. Et alors je compris, je compris que Michel disait vrai lorsqu'il affirmait que Rose ne l'aimait pas à la fin. Je lui avais opposé le contraire en brandissant cette assurance-décès qu'elle avait mise à son nom, mais je savais maintenant que cela ne prouvait rien, que cela ne prouvait pas son amour pour lui, car cette assurance était destinée à l'enfant et non à Michel. Et je compris quelque chose de plus terrible encore. Michel ne savait pas qu'Edmond était son fils. Il ne l'avait sans doute jamais vu, il n'avait pas eu de nouvelles d'elle pendant de longs mois, car cela aurait été une arme pour lui qu'il aurait pu utiliser afin de récupérer Rose. Oui, elle le lui avait caché tout ce temps en lui disant que Christian en était le véritable père, enfin, plutôt, car cela était plus logique, en ne lui laissant pas penser qu'Edmond pouvait être d'un autre homme, de lui en l'occurrence. Il était maintenant clair que Rose, connaissant ses problèmes d'argent, avait ouvert une assurance-décès en sa faveur au cas où il lui arriverait quelque chose. De l'argent qui lui servirait pour reprendre son enfant et s'occuper de lui, car Christian ne le ferait jamais, elle ne le savait que trop. Oui, Rose avait compris que Christian ne s'occuperait jamais d'Edmond, qu'il ne le reconnaîtrait jamais comme son fils, et elle avait pris les devants. Elle avait eu peur pour sa vie, avait deviné, d'une certaine manière, que Christian chercherait à la tuer, seulement voilà, elle n'avait pas imaginé que Michel finirait en prison comme principal suspect de son propre assassinat. Elle avait pourtant tout fait pour que cela n'arrive pas, ôtant toute trace de lui en arrachant les pages de son journal intime qui le concernaient. Et en les lui remettant ensuite. J'étais soufflée par ma perspicacité, par la simplicité du scénario. J'étais soufflée de ne pas avoir compris avant, mais comment aurais-je pu ? Il me manquait des pièces du puzzle. Il me manquait Edmond. Plus je pensais à mon explication et plus j'étais convaincue d'avoir raison. Il me suffisait de vérifier la date à laquelle Rose avait contracté l'assurance. J'étais persuadée qu'elle était postérieure à la naissance de leur fils.

– C'est vous qui avez tué Rose, n'est-ce pas ?

Il se tourna vers moi et me fixa de son regard pénétrant.

– À un moment, je vous avoue que j'ai bien cru que

Michel avait tué Rose, continuai-je. Mais maintenant que j'ai vu cet enfant, je sais qui est le plus habité par la haine, monsieur Rivières. Je sais que Michel n'aurait jamais tué Rose s'il avait su qu'elle portait son enfant. Par contre, vous… Edmond est l'incarnation de votre honte. Son teint hâlé, ses cheveux crépus, ses yeux sombres. Le Nègre que vous détestez est chez vous. Le Nègre que vous détestez a été dans la chair de votre femme et un fruit en est sorti. Un fruit de leur passion. Voilà une bien bonne raison pour tuer une femme, vous ne trouvez pas ? La plus vieille du monde. La jalousie. Vous aviez des soupçons. L'histoire du parfum, de l'attaque de la bête sauvage. Je l'ai lue dans le journal de Rose. La scène que vous lui avez faite le jour de la naissance du petit. Le jour où vous avez vu que cet enfant n'était pas de vous. Il y avait quelqu'un d'autre. Mais quoi de plus normal ? Vous délaissiez Rose, vous ne vous occupiez jamais d'elle. Vous décidez d'avoir un enfant et voilà que… Enfin, si son amant avait été blanc, vous n'auriez jamais pu savoir, mais Edmond est né métis, et là, vous n'avez plus eu de doute. Alors vous avez décidé de vous venger. Pas sur l'enfant, pas sur l'amant, non, sur la mère, celle qui vous a trompé, qui vous a humilié. Cet enfant, vous ne l'avez pas trop montré, dites-moi. C'est la première fois que je le vois. Je suis sûre que si vous demandez à la dame qui vient de lui parler, elle ignorera qu'il est noir. Il est juste un peu plus hâlé que les autres, le cheveu bouclé mais clair.

Regardez Alexandre Dumas. Mais vous le savez, vous, et cela suffit.

Christian Rivières ne disait rien. Il ne reconnaissait pas les faits, mais ne les contredisait pas non plus.

– Vous avez tué Rose bien avant de l'étrangler. Oui, Rose était déjà morte, à vos côtés. En vous mariant avec elle, vous lui avez ôté la vie. L'étranglement n'a été qu'une pure formalité… Comment avez-vous fait, Christian ? Comment avez-vous fait pour avoir le témoignage de trente saisonniers ? Ceux qui ont affirmé que vous aviez travaillé dans les vergers toute la matinée ? Vous m'avez donné de sacrés maux de tête.

Il jeta un coup d'œil à sa montre, qui brilla un instant au soleil. Ce fut un lapsus qui ne dura qu'une seconde ou deux, un fugace clignement de paupières, mais il ne m'échappa pas. Il avait au poignet une jolie montre, sans doute toute neuve. Et je repensai soudain à quelque chose. Un détail que j'avais lu dans les dépositions des saisonniers. Si je pouvais me vanter de quelque chose, c'était d'avoir une excellente mémoire et je n'oubliais que rarement ce que j'avais lu.

Et c'est ainsi que je perçai l'un des plus grands mystères de cette affaire et compris comment Christian Rivières avait pu tromper son monde.

Michel a droit à un appel par semaine. Depuis qu'il a été écroué à la maison d'arrêt de M., il n'en a pas usé. Il n'a personne à qui parler. Mais il ne cesse de penser à son avocate. Il n'a plus aucune nouvelle depuis l'autre jour et ne peut se résoudre à croire qu'il ne la reverra plus, qu'elle s'est désintéressée de son cas, qu'elle a refusé de le défendre. Il a perdu la femme en même temps qu'il a perdu l'avocate. Il s'attend chaque jour à voir une autre personne passer le seuil de sa cellule, son dossier en main. Le nouveau venu s'avancerait vers lui en lui tendant la main. « Bonjour, monsieur Pandanjila, je suis maître Adan, Roméo Adan, je remplace votre avocate. Elle ne souhaite plus vous défendre. »

Michel fait les cent pas dans la pièce, entre le lit et la table. Cent pas, question de parler, il n'y a qu'un seul mètre entre les deux meubles. Pour faire cent pas, il devrait se rendre cent fois de l'un à l'autre. Mais peut-être l'a-t-il déjà fait mille fois après tout. Il a perdu le compte.

Il est amoureux d'elle, il le sait, tout comme il était

amoureux de Rose. Peut-être est-ce d'ailleurs Rose qu'il voit à travers elle. Elles sont pourtant différentes. Physiquement du moins. Rose était brune, son avocate est blonde. Et puis, de tempérament. Rose était plus docile, plus soumise. Son avocate est une battante, une femme qui ne recule devant rien.

Michel repense à Yaoundé aussi, il a toutes ses journées pour le faire. Il repense aux grandes étendues de terre, aux jardins, aux palmiers de la ville aux sept collines. Et il se voit ici, entre quatre murs, dans une cellule de six mètres carrés. Si sa famille savait cela, ce serait le déshonneur. Être parti pour trouver un travail, gagner de l'argent, et finir en prison à l'autre bout du monde, à l'autre bout de son monde. Non, personne ne doit savoir.

Il frappe à la porte et attend qu'un gardien s'approche de la petite fenêtre. Il demande à utiliser le téléphone. On lui dit qu'il n'a pas le droit d'appeler sa famille, qu'il n'a pas le droit d'appeler un ami. Lui, il veut juste appeler la femme qu'il aime, entendre sa voix, entendre qu'elle n'a pas renoncé à lui.

– Je veux juste parler à mon avocate, dit-il.

– Pourquoi avez-vous regardé votre montre ?

– Ma montre ?

– Oui, vous venez de regarder votre montre, très discrètement.

– Peut-être parce que je m'ennuie, répondit-il sur un ton méprisant. Ou parce que nous allons bientôt arriver et qu'il faut que je retourne à ma place rejoindre Edmond.

– Tiens, vous vous inquiétez pour Edmond maintenant ?

Il haussa les épaules et fit mine de se lever.

– C'est une montre comme celle-ci que vous avez offerte à vos employés à Noël ?

– Oui, pourquoi ?

Les pièces du puzzle commencèrent à s'assembler devant moi et une image se forma, celle de l'ingénieux stratagème dont l'agriculteur avait usé pour se construire un alibi solide.

– Je n'arrive pas à y croire…

– À quoi donc ?

– Je sais comment vous avez fait ! m'écriai-je comme un enfant qui vient de comprendre le truc d'un tour de magie.

– Comment j'ai fait quoi ?

– Pour tromper les témoins !

– Trente témoins ont déclaré à la police que je travaillais avec eux au moment où ma femme se faisait assassiner. Trente ! Vous insinuez que j'ai pu tromper trente personnes ?

Il ricana et se leva.

– Bon, je dois y aller.

– Vous êtes un génie, monsieur Rivières ! m'exclamai-je. Le cadeau de Noël ! Je crois que je serais passée à côté si j'avais négligé mon travail et si je n'avais pas lu plusieurs fois chacune des dépositions de vos employés. Mais je me rappelle que ceux-ci juraient que vous étiez un bon patron, cela avait attiré mon attention, un bon patron parce que le jour de Noël, le 25 donc, le jour de la mort de Rose, vous leur aviez offert un cadeau, ce qui était tout à fait inusuel. Un bracelet pour les femmes et une montre pour les hommes. D'ailleurs, certains, les plus anciens, étaient étonnés car vous n'étiez pas homme à faire des cadeaux. C'était la première fois en réalité. Et ce n'était pas la première année qu'ils travaillaient un jour de Noël pour vous. Les changements d'habitudes, dans une affaire criminelle, sont toujours très suspects.

On rompt la routine pour tuer quelqu'un, on rompt la routine pour tromper sa femme.

Je sentis l'embarras assaillir Christian. Il se rassit, parce que j'avais commencé à élever la voix, fort à propos, et m'écouta avec attention et, je puis le dire sans crainte de me tromper, une pointe d'appréhension.

– Dans les dépositions, toujours selon mon souvenir, il est dit que ce jour-là, vous avez offert ce cadeau, parce que c'était Noël et que vous vous en vouliez de les faire travailler. Avant de travailler, tous les matins, vos employés devaient laisser leur montre et leurs bijoux dans des casiers, enfilaient des bottes et vous rejoignaient dans les champs. Vous êtes le maître du temps dans vos vergers. C'est vous qui sonnez les pauses, les repas. C'est quelque chose qui revient dans toutes les dépositions. Vous rythmez leurs journées, ils se laissent entraîner par vous et n'ont aucune idée de l'heure qu'il peut être. Sauf ce jour-là, par la plus grande des coïncidences, le jour où l'heure devient un élément primordial pour construire un alibi en béton, tous les hommes ont une montre au poignet, la jolie montre que vous leur avez offerte, sans doute en milieu de matinée, un certain temps passé, une fois qu'ils seraient bien incapables de s'apercevoir que ce joli cadeau… retardait en réalité d'une bonne heure.

J'éclatai de rire, fière de moi.

– Quand je pense que j'ai cru qu'on avait trafiqué la grande horloge de la mairie de M. Quelle idiote ! J'ai fait un rêve, monsieur Rivières. Oui, j'ai un don pour les rêves, disons, prémonitoires. Je tiens cela de mon père qui le tenait lui-même du sien. Je savais que quelque chose clochait avec l'heure, mais je ne savais pas quoi exactement. Je pensais que c'était la grande horloge de la mairie qui ne fonctionnait pas bien, qui avançait d'une heure, ou que vous, d'une quelconque manière, aviez réussi à en changer l'heure. Je m'étais compliqué la vie. La réalité, comme bien souvent, était bien plus simple. Qu'était-il plus aisé de changer ? L'heure d'une horloge municipale ? Ou celle d'une montre… La réponse est dans la question.

L'homme regarda autour de lui avant de clouer son regard noir dans le mien.

– Les témoignages de tous les employés masculins concordent, repris-je, vous vous êtes absenté de 10 h à 11 h. Rose Rivières ayant été étranglée à 11 h 31, vous étiez du coup hors de soupçon. Mais en imaginant que vous ayez retardé l'heure de toutes les montres, comme je viens de le dire, alors ce n'est plus entre 10 h et 11 h que vous vous seriez absenté, mais entre 11 h et 12 h. Il faut quarante-cinq minutes pour aller de chez vous à M. Je le sais, j'ai calculé quand je suis venue vous voir. Mais j'ai réussi à réduire ce temps de vingt minutes. Vous partez à 11 h, vous arrivez vers 11 h 25, vous vous mêlez à la foule, retrouvez votre épouse et la tuez. Qui me dit d'ailleurs que ce n'est pas vous qui l'avez accompagnée ? Dans ce cas, vous vous économisiez le temps de la retrouver parmi l'assistance, c'est encore mieux. Vous saviez qu'il allait pleuvoir, ils l'avaient sans doute annoncé, c'était le jour parfait pour un assassinat. Vous avez pris un parapluie, des gants noirs, et puis la suite se trouve sur une photographie. Il y a juste un élément dont je ne suis pas sûre. Si vous avez mis des gants noirs pour inculper Michel. Quoique, en y réfléchissant bien, je ne pense pas, vous ne saviez pas qu'un journaliste prendrait une photographie de la foule juste à ce moment-là. Je ne pense pas que ce soit pour le froid non plus. L'autre jour, quand je suis venue vous rendre visite, vous portiez un pantalon court. Vous n'êtes pas du genre frileux. Alors, disons juste que vous ne désiriez pas laisser d'empreintes sur le cou de votre femme. C'est d'un sordide…

Il applaudit du bout des doigts pour ne pas attirer l'attention sur nous. Le wagon-restaurant s'était rempli sans que nous nous en apercevions.

– Pourquoi ne pas continuer cette conversation dans mon compartiment ? proposa-t-il. Il commence à y avoir beaucoup trop d'oreilles ici et j'ai quelque chose d'intéressant à vous montrer.

Il se leva et longea le couloir sans même se retourner, ne doutant pas une seconde que je le suivrais. Ce que je fis, bien évidemment.

Christian lança un regard à travers la porte vitrée du compartiment avant d'entrer. Celui-ci était vide. Le serveur n'avait pas dû terminer le sandwich et n'avait pas encore raccompagné Edmond. Je ressentis une drôle d'impression en entrant à mon tour. Un malaise, une sensation d'anxiété, légère d'abord, une lourdeur à l'estomac qui remontait doucement vers ma poitrine. Il m'était de plus en plus difficile de respirer mais j'essayai de dissimuler ma peur. Christian referma le compartiment avec le loquet, tira les rideaux et m'invita à m'asseoir. Il prit lui-même place à côté de la fenêtre. Il resta un instant à observer le paysage comme s'il eût été soudain seul, comme s'il m'eût oubliée, mais c'était loin d'être le cas. J'étais devenue sa principale préoccupation, le plus grand de ses problèmes.

– Bravo, maître.

– Voulez-vous dire que je suis dans le vrai ?

Il acquiesça de la tête.

– Et vous l'avouez sans complexe ?

– Je ne l'avouerai pas devant un tribunal, si c'est ce que vous voulez dire. Alors, oui, je vous félicite, et avec d'autant plus de force que vous ne pourrez rien prouver de tout ce que vous venez de dire. Rien.

– Il suffirait que j'interroge vos employés, ripostai-je face à autant d'orgueil et de mépris. Je suis sûre que certains d'entre eux, si ce n'est la totalité, ont dû se rendre compte que leur montre retardait d'une heure une fois rentrés chez eux… Échec, monsieur Rivières, conclus-je.

– Je ne vous le conseille pas, vous vous ridiculiseriez une nouvelle fois.

– C'est-à-dire ?

– C'est-à-dire que dans l'après-midi, je suis revenu aux règles et aux mesures de sécurité qui régissent la cueillette sur ma propriété et j'ai repris les montres et les bracelets que j'avais offerts dans la matinée pour les remettre dans les casiers de mes employés jusqu'à la fin du travail. Comme vous pouvez l'imaginer, j'ai remis les montres à l'heure… Votre unique preuve s'est volatilisée.

Cette fois-ci, c'est lui qui sourit. Il planta ses yeux noirs dans les miens et je frissonnai.

– Échec et mat, maître.

Car voilà ce que lui et moi étions en train de livrer, une véritable partie d'échecs, une partie de bras de fer en dehors du tribunal.

– Avez-vous fait part de vos conclusions à quelqu'un ? demanda-t-il alors qu'il fouillait les grandes poches de son pantalon à la recherche de quelque chose.

– Non, répondis-je, prise au dépourvu. Pas encore.

– Vos assistants ?

– Non.

– Bien, bien.

Ma respiration se coupa lorsque je le vis sortir de sa poche une paire de gants noirs. Des Benoît Patrix, sans aucun doute, ma marque de gants préférée. Et les paroles que j'avais clamées durant la première séance devant le juge d'instruction me revinrent à la mémoire, me glaçant le sang : *« Oui, l'assassin de Rose Rivières portait des Benoît Patrix, comme vous, comme la majorité des personnes de ce tribunal, de cette ville, quand vous sortez dans la rue et que la température est basse, quand vous vous apprêtez à assister à un spectacle dehors, en plein froid, et à plus forte raison, lorsque vous vous apprêtez à tuer une jeune femme et que vous ne voulez pas laisser d'empreintes ! »* L'homme se tourna vers moi et les enfila lentement, doigt après doigt, sans jamais détourner son regard du mien. Il souriait tout en répétant : « Bien, bien. »

Ma surprise s'était muée en stupéfaction, et cette fois-ci, je ne pus dissimuler ma gêne. J'ouvris la bouche et inspirai profondément. Il prit cela pour de la peur. C'en était. J'aurais voulu crier, me lever et me ruer à la porte, l'ouvrir et aller chercher de l'aide dans le couloir ou dans le compartiment voisin, mais mes membres se figèrent et je fus incapable d'émettre un seul son, d'esquisser un seul geste. Je demeurai immobile, muette, en état de catatonie, consciente, cependant, à l'intérieur de moi, bien consciente dans ma tête.

C'est peut-être à cet instant que mes yeux sont tombés sur les numéros des sièges en face de moi, 48, 50, 52, 54, et que je compris que nous n'étions pas dans le compartiment 4 qu'avait mentionné Christian Rivières au serveur. N'avait-il pas parlé des places 10 et 12 ? J'en aurais donné ma main à couper.

Comme mes yeux étaient les seuls organes que je pouvais bouger, je balayai l'endroit du regard. Il n'y avait aucune valise dans le porte-bagages au-dessus de nous, aucun manteau accroché, que ce fût d'un homme ou d'un enfant, aucun indice que quelqu'un voyageât ici. Voilà pourquoi il avait jeté un coup d'œil dans le compartiment avant d'entrer, pour s'assurer que celui-ci était vide et que nous serions isolés, que personne ne viendrait nous déranger, qu'une fois morte, aucun enquêteur ne pourrait remonter jusqu'à lui. Voilà pourquoi Edmond n'était pas revenu dans le compartiment, car ce n'était pas le leur, tout simplement. Mon cœur manqua un battement. Comment avait-il pu penser à ces détails sans aucune préméditation ? Il ignorait que je voyageais dans ce train, il ignorait que je savais, que j'étais un obstacle à sa liberté. Quel esprit machiavélique pouvait penser à de tels détails sur le moment ?

J'étais perdue dans ces pensées lorsque Christian fit un pas vers moi, ses grandes mains noires en avant, ses grandes mains noires qui s'étaient un jour posées sur la gorge de Rose et ne l'avaient lâchée que lorsque plus une seule goutte de vie n'avait couru dans ses veines.

Sans aucun scrupule, sans aucune gêne, sans aucune peur, comme si mon corps, ma vie lui eussent toujours appartenu, Christian posa ses pouces sur ma gorge, puis la pulpe de ses doigts sur ma nuque, dans un geste lent, précis, chirurgical même, comme s'il prenait ses marques, comme s'il pouvait prendre le temps de prendre ses marques, comme s'il s'appliquait. Et cela était d'autant plus terrible, effroyable, pour moi qui étais consciente, que chaque mouvement de ses doigts, chaque petit écart de ses pouces, était calculé, minutieusement pensé, dans un seul et même objectif, celui de me tuer.

J'aurais pu crier, j'aurais pu me dégager, j'aurais pu me propulser en avant avec violence, ce qui aurait déséquilibré l'agriculteur, l'aurait fait tomber pendant que j'aurais ouvert la porte et me serais enfuie, oui, j'aurais pu faire mille choses, et pourtant je n'en fis aucune. Je me résignais, en quelque sorte, j'acceptais ma mort, j'acceptais qu'un autre ait droit de vie et de mort sur moi, j'acceptais l'inacceptable, suppliant juste pour que cela se produise rapidement, que je ne souffre pas, pas longtemps du moins. J'imaginais que Rose s'était aussi résignée lorsque les doigts de Christian s'étaient refermés sur elle. Mais savait-elle qu'il s'agissait de son mari ? Il l'avait étranglée par-derrière, dans une foule. Quand bien même, était-ce différent lorsque ces doigts étaient ceux de votre mari ? Avaient-ils plus de droits, plus de légitimité sur vous ? Plus de légitimité pour écraser votre gorge ? Pour retirer jusqu'à votre dernier souffle de vie ? Christian Rivières se prenait pour Dieu, décidant de la vie de chacune des femmes qui croisaient son chemin.

Vint un moment où je fus dans l'impossibilité de respirer. Les doigts puissants de mon bourreau me serraient comme un étau. Il semblait prendre la mesure du tronc d'un arbre, la mesure du tronc de l'un de ses pêchers, en estimer le diamètre entre ses doigts. Son regard ne contenait ni haine, ni peur, ni satisfaction. Son regard était vide, froid, occupé par des considérations purement techniques. Ce tronc d'arbre pousse-t-il bien ?

J'étais sur le point de défaillir lorsque l'étau qui comprimait ma gorge se desserra. Je vis le visage de Christian tourner sur sa gauche en direction de la porte du compartiment. Ses yeux exprimaient enfin une émotion, la peur. Je compris, en entendant le cliquetis, que quelqu'un cherchait à ouvrir, que quelqu'un cherchait à entrer.

Alors que je reprenais ma respiration, j'entendis que l'on frappait et appelait de l'autre côté de la porte.

– Contrôle des billets !

Christian lança un :

– Une minute !

Il ôta ses gants et les remit dans la poche de son pantalon avant d'ouvrir.

– Excusez-nous, monsieur le contrôleur, nous nous sommes assis ici, ma femme et moi, afin d'avoir une conversation peu appropriée pour les oreilles de notre fils, mais notre compartiment est le 4.

Il sourit, fier de sa trouvaille. Et alors qu'il sortait du compartiment, il dut voir Edmond et le serveur dans le couloir car il lança :

– Le voici !

Il disparut de mon champ de vision tandis que, tel un automate, je cherchais mon billet dans la poche extérieure de mon sac à main et le tendais au contrôleur. J'étais soufflée, incapable de prononcer un seul mot, encore sous le choc. Celui-ci ne sembla pas étonné que je possédasse mon billet sur moi alors que mon *mari* allait chercher le sien et celui de notre *fils* dans un autre compartiment. J'aurais pu lui demander de l'aide, le conjurer d'arrêter cet homme, peut-être ne pourrait-on pas l'accuser pour l'assassinat de Rose, mais pourrait-on le faire pour tentative d'assassinat sur ma personne. Cependant, je ne bougeai pas, je ne dis rien, j'éprouvais, c'est idiot à avouer, une honte sans pareille, la honte d'avoir été une victime, la honte de m'être fait étrangler, et je le laissai me saluer de sa casquette levée et tourner les talons. Je brûlais à l'intérieur. Lorsque la porte se referma, je repris mes esprits, ma respiration, je repris tout ce que je pus reprendre, et qui était bien peu, et qui était beaucoup, et qui était la vie. Oui, je revenais à la vie après avoir vu la mort dans les yeux, après avoir senti son souffle sur ma peau, sur mes lèvres. Je devais quitter ce compartiment avant que Christian Rivières ne revienne achever sa diabolique tâche, je devais me mêler au monde, à la foule. Il n'oserait jamais s'attaquer à moi en public. Je devais me lever, partir d'ici, respirer, oui, car c'était maintenant que Christian n'avait plus ses mains sur moi que je commençais à réellement étouffer.

Je sortis et longeai le couloir en prenant de longues gorgées d'air. Mon cœur fit un bond quand je passai devant le compartiment 4. À travers la porte vitrée, Edmond me regarda tout en mangeant son sandwich. Il sembla me reconnaître car il sourit et me salua. Il n'avait aucune idée de ce qu'il venait de se passer. Christian Rivières me vit alors, se leva et sortit. Ma bouche vint se loger si près de sa bouche que l'on aurait pu croire que j'allais l'embrasser. Ce qui était bien la dernière chose au monde que j'aurais faite. Je repris une dernière fois mon souffle et me souvins tout à coup de la raison de ma présence dans ce train, de Basile Boniteau, de mon témoin unique, de mon dernier as dans la manche, de Michel qui croupissait dans une cellule par sa faute, de Michel qui m'attendait, de notre vie, de notre liberté, de nos voyages rêvés en Afrique et à Paris, de Michel innocent, je le savais désormais, de Michel qui m'aimait. Et c'est cette pensée, qui m'était soufflée en plein visage, qui me fit retrouver ma force. Je ne pouvais plus mourir maintenant. Parce que Michel m'attendait.

– Je vais vous détruire, lui murmurai-je pour que l'enfant n'entende pas.

Je tremblais de tout mon être, essayais de mettre de la conviction là où il n'y avait plus rien. Je n'étais plus qu'un désert de sentiments. J'avais peur et tentais de ne pas le laisser paraître. Il ne le méritait pas. Non, il ne méritait pas ma peur. L'homme ne réagit pas.

– Quelqu'un vous a vu tuer votre femme. Et même si vous me tuez, il restera toujours ce témoin.

– Vous bluffez, dit-il.

– Une personne disposée juste devant Rose a vu toute la scène.

– Et pourquoi ne pas l'avoir utilisée avant ?

– Parce que je viens à peine de la retrouver. Cela m'a coûté mais j'ai retrouvé sa piste. Elle est prête à témoigner, mentis-je.

Il sembla chercher dans ses souvenirs mais rien ne lui revint en mémoire. Il prit un livre illustré de Jules Verne sur la tablette près de la fenêtre et le donna à Edmond pour que l'enfant s'intéresse à autre chose que nous.

– Sur cinq cents personnes, vous ne pensiez pas qu'au moins une vous verrait ? repris-je. Pourquoi ne pas avoir fait cela dans votre propriété ? Pourquoi avez-vous préféré tuer votre femme à la vue de tout le monde, j'avoue que c'est une question que je me suis posée et me pose toujours.

– Vous ne comprenez pas ? Pour détourner les soupçons de moi. Pensez-y, si Rose avait été retrouvée dans mes vergers, qui aurait-on accusé en premier ?

– Vous.

Et je me rendis compte qu'il venait d'utiliser le même stratagème avec le compartiment vide. Il approuva d'un mouvement de tête.

– Que la police tombe sur cette photo et accuse ce Nègre n'est qu'un juste retour des choses, un coup de pouce du destin. Il m'a volé ma femme, et d'une certaine façon, il m'a volé ce fils que j'aurais dû avoir avec elle (il jeta un coup d'œil à Edmond, tout occupé à tourner les pages en mangeant son sandwich). Il m'a tout volé et je ne souhaite qu'une chose, qu'il pourrisse en enfer.

– Je m'arrangerai pour que cela n'arrive pas, Rivières. Mais vous, pourrez-vous vivre avec l'assassinat de votre femme sur la conscience ? Pensez-y la prochaine fois que vous mentionnez l'enfer. Et ça (ajoutai-je en posant ma main sur ma gorge), je ne l'oublierai jamais.

Je ne sais pas ce qu'il me prit mais, me sentant hors de danger car un homme passait par là, je giflai Christian avec une rare violence. Je mis dans ce coup toute la peur, la haine, les émotions que son acte envers moi avait engendrées et qui étaient immenses. Je sentis de grosses larmes de libération, de joie, de colère, couler sur mes joues.

Le passant dut croire à une inoffensive dispute de couple car il fut tout d'abord surpris puis afficha un petit sourire amusé. Voyant que l'homme ne ripostait pas, dans lequel cas il serait peut-être, j'aime à le croire, intervenu, il continua son chemin vers le wagon-restaurant.

J'avais retrouvé ma force, j'avais retrouvé ma hargne, mon désir de vivre et de vaincre, je tournai les talons et m'en allai sous le regard dur de l'assassin que je m'apprêtais à faire tomber.

Arrivée en gare de M., je descendis, observai un moment Christian Rivières s'éloigner sur le quai suivi de la petite silhouette d'Edmond. J'eus un pincement au cœur de penser à ce que pourrait être dorénavant l'existence de cet enfant, mais quelle que soit sa famille d'accueil, cela ne pourrait jamais être pire que de vivre avec un assassin, un tortionnaire comme Rivières. Mon regard se posa sur les gens, le train, les pigeons qui volaient au-dessus de nous et retrouvaient leur nid entre deux poutres métalliques du toit de la gare. Tout me paraissait si insignifiant, je venais de passer à côté de la mort, et à la fois si merveilleux, pour cette vie qui m'avait été, en quelque sorte, offerte à nouveau. J'avais l'impression d'en être sortie grandie. Je ne désirais qu'une seule chose, faire sortir Michel de prison et y mettre Rivières.

Je respirai profondément, posai ma main sur ma petite gorge. Oui, à partir de maintenant, il m'appartenait d'être une victime. La victime d'une tentative de meurtre, et m'apitoyer sur mon sort. Ou une battante.

Une femme que la mort aurait rendue plus forte. Une gagnante. Une femme qui infligerait maintenant la plus grosse des corrections à un homme qui ne devrait plus jamais avoir le droit de vivre libre. Et c'est cette deuxième femme que je voulais être.

Je pris un taxi et revins à mon cabinet, exaltée à l'idée de retrouver ma vie. Victorieuse, cette fois-ci.

– J'ai réussi à avoir une adresse, me dit Claude, en brandissant un morceau de papier. Il n'y a qu'une seule famille Boniteau à M. Mais impossible d'avoir plus de précisions.

– C'est-à-dire ?

– Pas de trace de Basile Boniteau dans les casiers de l'état civil.

– S'il n'est pas né ici, s'il ne s'est pas marié, ou s'il ne s'est pas marié à M., c'est bien normal, ripostai-je, mais je sentis une étrange sensation de doute s'emparer de moi et élimer ma confiance.

– Je leur ai bien précisé qu'il s'agissait d'une personne de sexe masculin, âgée d'une soixantaine d'années voire plus, afin d'avoir une bonne marge, mais ils n'ont rien trouvé. Ils sont en train de chercher dans d'autres fichiers. Ils doivent me rappeler.

– D'autres fichiers ? Comme quoi ?

Claude marqua une pause. Il regarda Catherine, afficha un air embarrassé.

– Comme les décès récents, par exemple.

– Les décès ?

J'étais tellement aveuglée par mes petites victoires dans la traque de Basile Boniteau que j'en avais oublié cette hypothèse. L'assassinat de Rose Rivières s'était produit il y a deux mois. S'il était vieux et malade, il subsistait une possibilité que Boniteau fût décédé dans ce laps de temps. Ce serait une catastrophe et je tremblai à la simple idée de tomber, après tous mes efforts, sur un cadavre. Mes espoirs et mon optimisme éclatèrent comme autant de bulles de savon au contact du sol. La chance ne pouvait pas m'abandonner maintenant, non, ce n'était pas possible, c'était bien trop injuste. Le seul témoin oculaire qui pourrait changer le cours de cette affaire, et sur lequel j'avais tout misé, ne pouvait pas mourir, du moins pas avant que je ne l'aie rencontré, pas avant qu'il n'ait dit tout ce qu'il savait sur le sujet.

– Au fait, ton client a appelé.

– Michel ? (Et je mis dans ce nom toute la joie qui m'envahissait de l'entendre, tellement de joie que je ne pus le prononcer qu'en criant :) Qu'a-t-il dit ?

– Il voulait te parler, je lui ai dit que tu n'étais pas là.

Mon esprit était maintenant tranquille, en paix, quant à Michel. Il me fallait résoudre ce dernier petit élément, à savoir rencontrer Basile Boniteau, tenter de le convaincre pour qu'il témoigne contre Christian Rivières, et tout serait réglé. Michel serait peut-être libéré demain, après-demain au pire. Je voulais déjà sentir ses mains sur moi. Je voulais rire avec lui. Oui, nous regarderions derrière nous et ririons de toute cette histoire. Après tout, si Christian n'avait pas tué sa femme, nous ne nous serions jamais rencontrés. Merci, Rose, je t'aime, Rose. Tu as dû le payer de ta vie, mais merci. J'arrachai l'adresse des mains de Claude et sautai dans un taxi. Cela commençait à devenir une habitude.

Michel en est persuadé. Elle était là quand il a téléphoné. Elle a dit à son clerc de mentir. Tout est clair. Elle ne souhaite plus lui parler. Tout est terminé entre eux. Personnellement, professionnellement. Elle a disparu de sa vie comme elle est venue. En quelques secondes. Et il repense à la première fois qu'il l'a rencontrée, dans sa cellule sombre. Un véritable soleil qui était descendu jusqu'aux Enfers pour lui. Il repense à sa jolie voix, douce, lasse. Puis il revoit leurs corps entrelacés dans son lit. Sa peau laiteuse sur sa peau noire. Sa peau immaculée. Les veines de son cou qui se gonflent peu avant l'orgasme. Le sang qui affleure ses joues, les étoiles qui pleuvent dans ses yeux. Il se souvient de chaque soupir, de chaque caresse, de chaque mot prononcé à mi-voix.

Mais maintenant, le soleil est parti et il ne reste que les ténèbres. Il n'y a plus d'espoir. Michel est à nouveau seul. Il finira sa vie ici, entre ces murs gris, à écouter le cri des fous qui hurlent comme des singes dans leur cellule. Il finira sa vie dans cette jungle qui n'a rien à voir avec celle de Yaoundé. Et il devra se souvenir, toujours, de l'enfant qu'il a été, se promenant pieds nus dans les beaux jardins de la ville aux sept collines. Il se maudit d'avoir pris ce bateau, d'avoir rêvé d'un avenir meilleur en France, d'avoir rêvé de gagner de l'argent qu'il pourrait envoyer à sa mère. Sa mère qu'il ne reverra plus jamais. Ses frères avec qui il ne rigolera plus jamais. Ses cousins avec qui il ne plaisantera plus jamais. Il se maudit d'avoir rencontré Rose, de l'avoir aimée, il regrette ce jour à La Souterrane où elle s'en est prise à lui et l'a frappé avec toute sa haine. Lui qui n'a vu que le mépris dans le regard des Français a goûté à la haine ce jour-là. Il rage que son avocate ait pu penser une seule seconde qu'il a levé la main sur Rose, lui qui n'a jamais tué une mouche, un moustique, lui qui a toujours eu tant de respect pour toute forme de vie sur Terre. Il maudit le jour où la police est venue l'arrêter à la poste pour un meurtre qu'il n'a pas commis. Quelle honte ! Pourquoi me réduit-on toujours à la couleur de ma peau ? se demande-t-il. Pourquoi ne voit-on jamais l'homme qu'il y a dessous ? N'ai-je pas deux bras et deux jambes comme les autres ? Deux bras qui travaillent dur chaque jour comme n'importe quel autre Français ? N'ai-je pas un cœur qui aime comme n'importe quel autre Français ? Des yeux qui pleurent ? Une bouche qui sourit ? Comme n'importe quel autre Français ? N'ai-je pas un esprit qui pense, qui débat ? Une opinion sur les choses ? N'y a-t-il pas une loi qui me protège ? Qui stipule que j'ai le droit de vivre ici ? Alors, alors pourquoi ? Pourquoi est-on si méchant avec moi dans ce pays ? Car les problèmes n'ont commencé qu'une fois ici. En y regardant bien, malgré la misère, tout était bien plus facile à Yaoundé, tout était bien plus joli. Là-bas se trouvent les vraies personnes qui m'aiment. Pourquoi suis-je parti ?

Il se recroqueville sur lui-même et pense à sa mère. Sa *Mama Kouma*. Car quand il ne nous reste plus rien, il nous reste toujours le souvenir de notre mère. Et des jours heureux de notre jeunesse en sa compagnie, lorsqu'on se sentait aimé, protégé, lorsqu'on était un enfant et que l'on n'avait aucune responsabilité, lorsque les problèmes de la vie glissaient sur nous car il y avait toujours maman pour s'en occuper, pour nous prendre la main, nous caresser, nous dire : « Tout ira bien, mon chéri, maman est là. » Mais maman n'est plus là. Michel est seul. Alors, n'y tenant plus, il cache sa tête sous l'oreiller pour qu'on ne l'entende pas et pleure, pleure, pleure toute l'eau que son corps renferme, que son cœur renferme, que sa peine renferme. Dans la prison, le silence s'est fait et c'est comme une pluie de diamants qui tombe sur un toit de cristal.

Dans quelques secondes, je serais face à Basile Boniteau, s'il était encore en vie du moins. Dans quelques secondes, je demanderais à cet homme de me dire ce qu'il avait vu ce 25 décembre dernier sur la place de M. S'il n'avait rien dit jusque-là, s'il ne s'était pas manifesté, il ne pourrait toutefois pas refuser d'apporter son concours à la justice si celle-ci venait jusqu'à lui, il ne pourrait pas refuser d'aider un innocent qui risquait sa tête, cela n'entrait pas dans ma conception des choses.

Dans quelques secondes, le cauchemar serait terminé, cette étrange affaire aurait un dénouement, heureux. Basile Boniteau témoignerait, Christian Rivières serait inculpé et condamné, Michel serait libre. *Nous* serions libres. Plus rien ne nous empêcherait de nous aimer. Dans quelques secondes, j'aurais résolu l'une de mes plus difficiles affaires et je deviendrais célèbre pour être la première avocate à avoir dénoué une enquête aussi complexe envers et contre tous, envers et contre la police, envers et contre la justice. Dans quelques secondes, le juge Ajas mangerait son dossier avec de la mayonnaise. Dans quelques secondes…

Bruno gît toujours sur le sol, éventré, à côté de la Citroën rouge. Une nouvelle cicatrice s'étend de son cou à son entrejambe, sauf que celle-ci n'est pas encore fermée comme les autres. C'est une large ouverture à travers laquelle on peut apercevoir l'intérieur du corps de Bruno. Basile est subjugué par le spectacle. Ce n'est pourtant pas la première fois qu'il voit ça. Mais il y a quelque chose de jouissif. Son cœur bat plus fort, l'excitation envahit son corps comme un agréable engourdissement.

Mais après avoir ri, il regarde maintenant son ami avec un visage d'horreur. La jouissance est passée, il ne reste que l'amertume. Il veut l'aider. Il tend le bras mais ses doigts ne font qu'effleurer son bras couvert de cicatrices. On dirait deux handicapés tombés à terre et incapables de s'aider l'un l'autre. Il fait un effort pour s'incliner plus en avant en prenant garde de ne pas tomber lui aussi mais il se rend compte qu'il ne pourra pas l'atteindre. Bruno est couché sur le dos, son œil unique fixant le plafond, immobile et silencieux. Son épaule touche le pneu de la voiture rouge, comme s'il s'était fait écraser. Oui, voilà ce que l'on pourrait croire, que Basile lui est passé dessus avec la voiture.

Il sait qu'il ne pourra pas se relever tout seul et revenir dans la chambre, remettre son ami sur le lit ou sur un fauteuil. Il se demande si Fanny a entendu. Au bout de quelques secondes, il sait bien que personne ne viendra et de grosses larmes commencent à nouveau à couler sur ses joues. Il est tellement triste.

– Oh, mon Dieu ! s'exclama Claude en reposant le combiné du téléphone.

Catherine, qui venait de se rafraîchir le visage aux toilettes, entrait à peine dans la pièce.

– Que se passe-t-il ?

– Ce n'est pas vrai, dites-moi que ce n'est pas vrai…

Le visage du clerc d'avocat était pâle.

– Qu'y a-t-il, Claude ? Tu commences à me faire peur.

– La mairie vient d'appeler. Ils ont retrouvé la trace de Basile Boniteau.

– Ne me dis pas que c'est ce que nous pensions ! Il est mort, c'est cela ? demanda-t-elle, effrayée.

– Non, il n'est pas mort. Il est bel et bien vivant.

– Eh bien, c'est plutôt une bonne nouvelle ! lança Catherine, ostensiblement soulagée.

– Non, répondit le clerc d'avocat. Non, ce n'est pas une bonne nouvelle.

– Que veux-tu dire ?

– Mon Dieu, c'est toute notre défense qui tombe à

l'eau. Martine va être détruite. Nous avons perdu, Catherine.

– Pourquoi ? Que t'ont-ils dit, Claude ?

L'homme agita la tête de droite à gauche, les lèvres pincées.

– Tu ne devineras jamais…

J'arrivai devant la maison et sonnai. Une femme d'une vingtaine d'années vint m'ouvrir, une domestique à en juger par son accoutrement.

– J'aimerais parler à M. Basile Boniteau, demandai-je d'une voix douce mais ferme.

La jeune femme me scruta de haut en bas de son regard bleu. Elle avait un visage de poupée. Sa peau était laiteuse, et les quelques boucles qui s'échappaient de sa coiffe étaient d'un blond éclatant. Elle ressemblait à Adélaïde mais en plus fine, en plus jeune aussi. À l'évocation de Basile Boniteau, elle fronça les sourcils, perplexe. Elle fut sur le point de dire quelque chose de sérieux puis son visage se relâcha, elle sourit et baissa la tête en signe de soumission.

– Monsieur Basile ? Bien sûr, qui dois-je annoncer ?

Basile Boniteau n'était donc pas mort. Je laissai échapper un profond soupir de soulagement.

– Maître Moinard, Martine Moinard, avocate, c'est une affaire de la plus haute importance.

Elle me laissa entrer et me fit signe d'attendre dans le couloir puis elle s'éloigna à grands pas.

– Qu'est-ce que je ne devinerai jamais, Claude ?

L'homme avait le regard rivé sur sa collègue mais ce n'était pas elle qu'il voyait. Il semblait encore plongé dans sa conversation téléphonique avec le fonctionnaire de la mairie.

– Au début, ils n'ont pas trouvé Basile Boniteau dans le registre d'état civil car ils ne consultaient pas le bon casier. Je les avais induits en erreur, c'est de ma faute. Mais ils ont regardé dedans à tout hasard. Comme lorsque tu cherches quelque chose et, désespéré, tu te mets à chercher dans des endroits improbables où tu sais pertinemment que tu ne le trouveras pas. Sauf que, pour le coup, il était là.

– Je ne comprends rien à ce que tu me racontes, Claude. Dans quel genre de casier l'ont-ils trouvé ?

Des pas résonnèrent dans le long couloir, anticipant l'arrivée d'un homme blond habillé d'un costume-cravate gris.

– Je suis le Dr Richard Boniteau, dit-il en me tendant la main, il paraît que vous voulez me voir pour une affaire importante ?

C'était un beau et élégant jeune homme d'une quarantaine d'années. Ce fut à mon tour de froncer les sourcils, comme la domestique l'avait fait quelques secondes auparavant. Et une peur terrible m'assaillit. Richard ? Finalement, Basile Boniteau était bel et bien mort. D'où la réaction de la domestique qui était allée chercher le fils Boniteau pour me l'annoncer. Mon monde commençait à s'effondrer. Tout cela pour ça.

– Maître Moinard, Martine Moinard, me présentai-je en bégayant, du cabinet de conseil juridique M & M. Je suis avocate.

Il me salua du menton, ne parut pas impressionné.

Mais il lut l'appréhension grandir sur mon visage. Je n'osais pas lui poser la question fatidique et il ne semblait pas être dans de bonnes dispositions pour la deviner et y répondre. Un silence à couper au couteau s'installa entre nous.

– Je ne comprends pas, finit-il par dire, Fanny m'a annoncé que vous souhaitiez parler à Basile.

Il avait l'air aussi étonné que la bonne.

– Je suis désolée, je ne savais pas pour votre père, anticipai-je. Je viens de l'apprendre. Enfin, non, je le devine à votre expression. Je suis tellement désolée. À vrai dire, je ne pensais pas que… enfin, que j'arrivais trop tard, je…

Je me tus. La violence du moment me terrassait. Je revis le visage de Christian Rivières, je sentis à nouveau ses doigts sur mon cou, à travers le cuir froid de ses gants. La même peur qui me tétanisait.

– Et que venez-vous d'apprendre ? Que venez-vous de deviner, maître ? J'avoue que je suis perplexe.

– Eh bien, que votre père est… décédé, osai-je dire.

Et alors, c'est tout son visage qui se relâcha. Il faillit éclater de rire mais il se retint et n'esquissa qu'un bref sourire.

– Cela fait déjà un certain temps que mon père est mort, n'en soyez pas désolée. Mais oui, on dirait que vous arrivez trop tard. Vous étiez une amie ? Vous le connaissiez ?

Il avait l'air de plus en plus étonné, ou amusé. Comment une jeune femme de vingt ans pouvait-elle connaître son vieux père ? Qu'est-ce que cela cachait donc ? Allait-il apprendre après autant de temps que son père avait eu une enfant cachée ? Qu'imaginait-il ?

De mon côté, la réponse de Richard Boniteau me stupéfia.

– Votre père est mort depuis longtemps ? demandai-je.

– Oui, il y a déjà une vingtaine d'années. Excusez-moi mais vous me paraissez fort jeune pour l'avoir connu.

– Nous parlons bien de Basile Boniteau ?

– Basile ? Attendez, je ne vous suis plus... De qui parlez-vous ? De mon père ou de Basile ?

– Basile n'est pas votre père ?

Je ne comprenais plus rien.

– Non ! se défendit-il. Que lui voulez-vous exactement ?

– Au risque de vous choquer, il est fort probable que M. Boniteau ait été témoin d'un assassinat sur lequel je travaille depuis décembre dernier.

– Un assassinat ?

– *L'assassinat*, en réalité. Celui de Rose Rivières.

L'homme écarquilla les yeux. Tout le monde connaissait l'affaire Rivières.

– En réalité, je défends Michel Pandanjila, qui a été accusé à tort, repris-je. J'ai retrouvé la trace de Basile grâce à une photographie du spectacle de Noël. J'ai identifié Adélaïde Kriesten, une dame allemande qui travaillait pour vous, et c'est elle qui m'a donné le nom de M. Boniteau. J'ai ensuite trouvé cette adresse, je reviens de loin, si vous voulez tout savoir.

– Calmez-vous, dit-il car il me devinait anxieuse. Adélaïde Kriesten, oui, elle a bien travaillé pour nous.

C'était déjà une petite victoire. Une confirmation. Ç'avait été un vrai tour de force de tirer quelque chose du dialogue de sourds que j'avais entretenu avec l'Allemande.

– Pour quelles raisons vous a-t-elle quittés le 26 décembre dernier ? demandai-je, certaine que je n'aurais pas de réponse satisfaisante.

Mais ce fut tout le contraire qui se produisit.

Adélaïde Kriesten avait pris un train de bonne heure jusqu'à Paris puis était montée dans un second à destination de Hambourg, via Francfort, exactement comme je l'avais fait moi-même pour retrouver sa trace. Dans sa main gauche l'anse d'une valise, remplie en urgence, elle d'habitude si méthodique et ordonnée, dans la droite, serré très fort, le télégramme lui annonçant la terrible nouvelle. La mort de son frère Heinrich. Elle avait encore du mal à y croire. En sortant de l'usine, une voiture l'avait renversé. Il était mort sur le coup. Il devait y avoir erreur sur la personne. Oui, c'était sûrement cela, ce n'était pas son frère que l'on avait écrasé mais quelqu'un qui lui ressemblait. C'est du moins ce dont elle avait essayé de se convaincre durant tout le voyage mais la présence de sa mère en pleurs sur le quai de la gare de Hambourg devait briser avec la violence d'un verre qui tombe sur le carrelage toutes ses espérances. Heinrich était mort et elle ne le reverrait plus jamais.

La fuite d'Adélaïde était, pour une fois, une coïncidence. Et, je ne sais pourquoi, peut-être parce que je l'avais trouvée fort sympathique, ou parce que, malgré ses moyens, modestes, elle m'avait reçue chez elle avec le plus grand des égards, je remerciai le ciel qu'il en fût ainsi, qu'elle n'eût rien à se reprocher.

– Basile n'est donc pas votre père, dis-je en revenant à l'objet de ma visite, et… mais attendez, il n'est donc pas mort ?

L'homme sursauta.

– Mort ? Pour l'amour de Dieu, non !

Je ne comprenais pas grand-chose à la situation mais cette nouvelle me réconforta.

– Alors il faut que je le voie, monsieur Boniteau, qui qu'il soit, votre grand-père, votre oncle, il est mon dernier espoir dans cette affaire. Dites-moi que je peux le voir !

– Oui, oui, vous pouvez, répondit Richard, de plus en plus confus.

– Vit-il ici avec vous ?

– Bien sûr ! s'exclama-t-il en haussant les épaules pour rehausser l'évidence de cette remarque.

– Est-il ici en ce moment même ?

– Oui. Il est en haut. Il se repose.

Dieu soit loué ! pensai-je.

La stupéfaction avait frappé le visage de l'homme. Il se raidit, cligna des yeux, et m'invita à le suivre.

Richard Boniteau marchait devant moi. Je lui emboîtais le pas, nerveuse. Il se passait quelque chose d'étrange. La bonne d'abord, lui ensuite. Il y avait quelque chose que l'on ne me disait pas. Je sentais une tension extrême tout autour de moi. Je sortis une Craven A de mon étui et la mis au bout de mes lèvres.

– Puis-je ?

– Vous ne devriez pas fumer, maître, dit-il sans se retourner, ce n'est pas bon pour la santé. Conseil de médecin.

Faisant fi de sa recommandation, je l'allumai. Le tabac blond emplit ma bouche, mes poumons, m'apaisa.

Arrivés au bout du couloir, nous entrâmes dans un immense salon richement décoré.

– Je ne comprends rien à toute cette histoire d'assassinat, dit Richard Boniteau alors qu'il me tenait la porte. Enfin, je sais de quoi vous parlez, bien entendu, mais je ne vois pas ce que Basile vient faire là-dedans.

Il la referma derrière moi en prenant garde de ne pas

faire de bruit. Nous traversâmes le salon. J'ignorais où il me conduisait. Nous passions à présent par la cuisine de service.

– Je préférerais que vous écrasiez votre cigarette, dit-il en me montrant l'évier. Je ne supporte pas la fumée.

J'écrasai mon mégot sur la porcelaine. Il sourit, visiblement satisfait du contrôle qu'il avait sur moi, c'était bien normal, il était chez lui après tout, puis nous montâmes un bel escalier en bois sculpté.

– Vous avez une grande maison, dis-je plus sous le coup de l'agacement que de l'admiration.

Mon cœur battait à tout rompre dans ma poitrine. Quand cela allait-il cesser ? Cet ultime chemin vers Basile Boniteau me paraissait plus long que le voyage que j'avais entrepris depuis M. jusqu'en Allemagne. Nous arrivâmes au premier étage de la bâtisse. À croire que la famille Boniteau possédait tout l'immeuble. L'homme s'arrêta devant une porte et me dévisagea.

– Il doit être en train de dormir. Si ce n'est pas le cas, alors je vous autorise à lui poser toutes les questions que vous désirez…

Disant cela, il actionna la poignée de la porte et ouvrit. On entendit du bruit. Une espèce de soupir.

– Vous avez de la chance, maître, on dirait qu'il ne dort pas…

– Basile Boniteau est né le lundi 12 avril 1920...

Catherine regarda Claude, les yeux emplis d'horreur.

– Le 12 avril 1920 ? Mais... ce n'est pas possible !

Le clerc secouait la tête.

– Et dire que... nous avions tout faux depuis le début.

Catherine posa sa main sur sa bouche.

– Quel malheur, quel malheur, dit-elle alors.

Elle dut s'asseoir, considéra le précipice qui s'ouvrait sous leurs pieds à la place du grand tapis oriental qui s'étendait sur le parquet ciré. Leur chance, leur dernière chance de gagner le procès, imminent, venait de tomber au fond de ce précipice. Elle pensa à Martine, désolée, sur le point de connaître la dure vérité. Mon Dieu, la pauvre, songea-t-elle.

– 1920, répéta-t-elle une dernière fois.

Son visage était celui d'une femme sur laquelle vient de s'abattre un grand malheur.

Je ne sais combien de temps je mis pour me rendre compte que le bébé qui jouait sur le tapis à empiler des cubes de lettres était Basile Boniteau.

Sans doute en pris-je conscience lorsque je m'aperçus, après que mon regard eut embrassé toute la chambre, qu'il était seul dans la pièce. Qu'il n'y avait aucun vieillard en fauteuil roulant, qu'il n'y avait d'ailleurs jamais eu aucun fauteuil roulant, que le chariot était en réalité une poussette, qu'aucun vieillard n'avait jamais existé autre part que dans mon imagination, qu'il était l'enfant qu'Adélaïde promenait ce jour-là sur la place de M., face à la scène de la crèche vivante, le bébé, car il n'avait même pas un an, qui était sous le parapluie, qui avait tout vu mais qui ne pourrait jamais rien dire, le bébé qui ne pourrait jamais sauver l'homme que je défendais, le bébé qui, sans doute, n'avait rien compris de ce qu'il s'était passé devant lui. Un nourrisson chauve et sans dents, mon unique témoin.

Il se retourna, nous regarda. Il avait les yeux rouges

et de grosses larmes séchées sur les joues, signe qu'il avait pleuré. Il tenait dans une main un joli livre recouvert de gravures de botanique dont les pages étaient à moitié dévorées et dégoulinantes de bave.

– Tu es un dévoreur de livres ! cria son père. Un dévoreur de livres !

Mon regard s'était déplacé vers cette jolie voiture à pédales en bois et en tôle, une Citroën rouge de bonne facture, assez grande pour que le bébé puisse monter dedans. À côté du pneu, gisait un gros ours en peluche borgne couvert de cicatrices aux membres arrachés puis recousus, un ours éventré, tout le coton éparpillé autour de lui.

– Oh, mon Dieu, s'exclama Richard, qu'as-tu encore fait à Bruno ? Pauvre Bruno, s'excusa-t-il en passant devant moi et en s'agenouillant pour ramasser la peluche. Il faudra demander à Fanny de le raccommoder.

Basile me regarda, intrigué d'abord, puis, à la vue de son père qui venait secourir son meilleur ami, il se mit à sourire avant d'éclater en un gazouillis de bonheur.

ÉPILOGUE

Lorsque le printemps arriva, du rosier qu'avait offert Michel à Martine naquit un bourgeon, puis bientôt une fleur. Il avait dû se tromper en l'achetant, car ce n'était pas une rose. L'étrange fleur avait un cœur aussi rouge que le nôtre, et la pointe des pétales jaune comme le soleil. Il s'agissait là de la plus jolie des fleurs, née de l'amour d'un homme et d'une femme.

Martine Moinard ne renonça pas. Elle continua d'exercer sa profession bon gré mal gré pendant quelques années encore, mais rien ne fut plus jamais pareil. La souffrance liée à cette affaire demeura toujours en elle comme une écharde plantée en plein cœur. Et malgré de belles victoires, elle ne parvint pas à oublier ce premier échec et cet homme qui avait payé de sa liberté son inexpérience et la stupidité des hommes. Le livre qu'elle se décida enfin à écrire, *L'Innocent aux mains noires*, sous le pseudonyme de Marie Moulin, et que nous venons de lire, connut un petit succès en librairie mais ne réussit pas pour autant à faire rouvrir l'instruction.

Fin 1935, durant un court séjour de vacances à P., elle tomba sur Basile Boniteau. C'était désormais un beau jeune homme de quinze ans, il venait de quitter la ville et la facilité d'une famille fortunée pour retrousser ses manches à la campagne et découvrir la vie et le travail par lui-même. Elle était persuadée que le souvenir de l'assassinat de Rose Rivières, imprimé dans sa rétine, était demeuré dans son inconscient et qu'il ressortirait à un moment ou un autre. Peu lui importait que son témoignage ne fût pas fiable, surtout quinze ans après les faits, la résurgence de cet unique témoin dans sa vie l'anima d'un regain d'espoir. En vain. Basile, qui n'avait d'autre ambition que de devenir maire et ouvrir une fabrique de lait, ne se souvint jamais ou ne voulut jamais se souvenir. Découragée, Martine quitta définitivement le barreau de M. pour s'installer à P. en décembre 1935. Ses droits d'auteur consumés, et n'ayant pas droit à la retraite, elle chercha du travail à la mairie du village, ce qui lui fut accordé. Elle avait fini par l'avoir, sa maison à la campagne. Et les fleurs dont elle rêvait tant.

Elle ne revint à M. qu'à une seule occasion, le 6 janvier 1936. Ce matin-là, à 10 h 39 très précises, le couperet badigeonné de graisse de porc de la guillotine s'abattit sur la nuque d'un innocent. Il s'appelait Michel Honoré Pandanjila, il avait quarante-sept ans et il mourut tel qu'il était arrivé en France, seul et méprisé, sans avoir jamais vu son fils, placé dans une famille à P., sans avoir jamais revu sa mère, sans avoir jamais foulé à nouveau les sentiers de terre de Yaoundé qu'il parcourait pieds nus dans sa jeunesse, exécuté dans un pays étranger, dans un pays qui n'était pas le sien et qui ne l'avait jamais aimé ni accepté.

Avant de mourir, on lui accorda le droit de passer une heure avec son avocate. Martine ne se sépara à aucun moment du corps chaud de Michel, pleurant toutes les larmes de son immense et inconsolable peine, alors que celui-ci lui caressait les cheveux en lui disant que tout irait bien. « Tout ira bien, ma Martine. Je t'aime. Et même la mort ne pourra m'empêcher de t'aimer. » Ils firent l'amour une dernière fois.

Martine revint à P. où elle fit la connaissance d'un homme. Elle en tomba éperdument amoureuse. Quelques semaines après, elle s'aperçut qu'elle était enceinte. Honteuse, car c'était une époque où la honte d'être mère sans être mariée était plus forte que le sentiment d'être femme, elle s'enferma de longs mois chez elle, à l'abri des regards, et l'on attribua cela à une mystérieuse maladie contagieuse. Lorsqu'elle accoucha d'un garçon, le 17 octobre 1936 à l'hôpital de M., elle comprit, en voyant sa peau, qui n'était pourtant pas si foncée que cela, qu'il n'était pas le fils du nouvel amour de sa vie. Celui-ci le comprit aussi. Elle nomma son enfant Michel en hommage à son vrai père et, sous la pression de ce nouvel homme qu'elle aimait, s'en débarrassa à contrecœur en le confiant à l'adoption.

Ironie du sort, Michel, fils d'avocate et de prisonnier, devint officier de police. Il ne chercha jamais à retrouver ses parents biologiques. Et s'il rencontra fortuitement sa mère et son demi-frère, en 1961, lors d'un séjour à la police des fleurs, des arbres et des forêts de P., il ne sut jamais que c'était eux. Mais cela est une autre histoire...

Remerciements

Ce roman n'aurait pas été le même sans un petit morceau de chacune des personnes suivantes. Je remercie, une fois de plus, mon ami Sébastien Bosca, capitaine de police, pour ses conseils plus que nécessaires sur la procédure pénale que j'avais bien mise à mal dans mes premiers brouillons. Sans lui, cette enquête ne serait que pure science-fiction. Je remercie mes amies et amis Élodie Prély, Grégory « Bosko » Masson (merci de m'avoir gardé ma MPC3000 pendant vingt ans, et de me l'avoir rendue...), Rémi Velotti, Roméo Adan, Frédéric Tocquaine, Muriel Granier, Norbert Laurent, Adeline Trouillet, Frank Fortin, Sylvaine Motton, Frédéric Ajas, Benoît Patrix, Gilles, Carine et Édouard Tranchant, Claude Tarrène, Bruno Lopez, l'écrivain et ami Raymond Khoury (le grand chauve), Michel Houellebecq, Bernard Hug (papa, qui continue à me lire depuis là-haut), dont j'ai, une fois n'est pas coutume, emprunté les noms pour habiller mes personnages qui n'en avaient pas. Je remercie Aurélie Bonnin, pour sa lecture attentive des deux brouillons (le premier n'avait vraiment rien à voir !) et ses commentaires pertinents (jamais je n'aurais imaginé la scène d'étranglement dans le train sans toi !). Un million de mercis à Caroline Vallat (ma libraire préférée !) pour être là, si forte, enthousiaste, aimante, depuis le début, conseiller et vendre mes livres par millions. Merci beaucoup, ou devrais-je dire *vielen Dank*, à Uta Kriesten pour avoir mis les mots adéquats dans la bouche d'Adélaïde et rendu mon Hambourg plus réaliste. À Georges Leyenberger pour ses commentaires sur l'accent bavarois et pour m'avoir traité comme un roi et un ami à Stuttgart. À Louis Marandet pour nos conversations philosophiques en voiture à travers l'Allemagne (Julien Sorel est noir ! Le twist du siècle !). Un grand merci à mes amis-lecteurs « cobayes », Maud Nazarian, Luc Bonnin, Nathalie Nicolas, et Patricia (« cobaye » de tout dans ma vie !), toujours. Je remercie Karine Mouchette, Isabelle Puig et Julien Fofana-Poittevin, pour leur lecture et leurs retours rapides ainsi que leur esprit brillant sur lequel je me suis permis de tester le twist final de ce nouveau roman et dont les commentaires m'ont été d'une aide précieuse pour corriger le tir et vous bluffer du premier coup. Un immense merci au directeur d'Albin Michel, Gilles Haéri, pour sa confiance, son enthousiasme et sa gentillesse. Merci à mon éditrice, Caroline Ripoll, pour son précieux et nécessaire travail sur mes nouveaux romans qu'elle améliore avec chacune de ses réflexions. Un éternel merci à mon éditeur et ami Dominique Gaultier, pour son soutien indéfectible, son amour, et sans qui le conte de fées que je vis depuis novembre 2012 n'aurait jamais eu lieu, je lui dois tout. Merci à mes collègues de la promotion 14 d'officiers de police, de l'OCRIEST, de la DCPAF, et plus généralement de la Police nationale, qui m'ont toujours traité comme un des leurs même si ma carrière dans la police a peut-être été la plus courte de toute l'histoire, cinq ans (tu avais raison, Pascal, quand tu disais : « Toi, tu ne vas pas rester longtemps dans la boîte, je le pressens ! »). Merci à celui qui restera à jamais « mon patron », Jean-Michel Fauvergue, un exemple à suivre. Merci à l'administration française pour m'avoir promu capitaine de police alors que je suis en disponibilité depuis six ans ! Et puis, à toi, à qui je dédicace ce livre. Je t'appelais Tatie Gisoux, ma mère, ta sœur, t'appelait Ninou, tu t'appelais Geneviève. Un matin, tu es restée dans le lit alors que ton mari s'était levé pour aller démarrer le tracteur, tu as pris le fusil glacé que tu blottissais contre toi depuis un bon moment déjà sous les draps et tu t'es tiré une balle dans la bouche. On a entendu la détonation à des kilomètres à la ronde, dans les vergers. Alerté par le bruit, ton fils de douze ans, mon cousin, a couru jusque dans ta chambre sans trop savoir ce qu'il se passait. Ton mari, mon oncle, accouru depuis le garage, n'est pas arrivé à temps pour empêcher votre fils de voir ton crâne défoncé et les résidus de ton cerveau collés sur la tapisserie à fleurs, désormais rouges. Je n'étais pas là ce jour-là mais je n'ai jamais cessé d'imaginer la scène. Mes cousins ne me parlent plus depuis ce tragique événement. Selon les recherches que j'ai pu entreprendre sur les réseaux sociaux, ils vivraient aujourd'hui en Argentine, où mon oncle possédait quelques terres. Ma cousine, elle, vit au sud de Paris, à quelques kilomètres de l'école de police dans laquelle j'ai passé un an et demi sans que jamais elle daigne vouloir me revoir. Pourquoi ? Parce qu'il est plus facile de jeter la pierre sur un innocent que sur le réel coupable de cette affaire. Aujourd'hui, avec ce roman, je souhaite donner à Tatie Gisoux, et à toutes les femmes qui ont subi le même destin tragique à cause d'hommes qui ne les méritaient pas, une deuxième chance dans la vie. Tatie Gisoux est Rose, résignée et victime, Tatie Gisoux est Martine Moinard, l'avocate, forte et battante, Tatie Gisoux est toutes les femmes à la fois. Elle est surtout la femme qui, dans ce roman, ne pressera pas sur la détente et vivra. Pour toujours, cette fois-ci. Je t'aime, Tatie.

DU MÊME AUTEUR

L'EXTRAORDINAIRE VOYAGE DU FAKIR QUI ÉTAIT RESTÉ COINCÉ DANS UNE ARMOIRE IKEA, Le Dilettante, 2013. Le Livre de Poche, 2015.

LA PETITE FILLE QUI AVAIT AVALÉ UN NUAGE GRAND COMME LA TOUR EIFFEL, Le Dilettante, 2015. Le Livre de Poche, 2016.

RE-VIVE L'EMPEREUR !, Le Dilettante, 2015. Le Livre de Poche, 2017.

TOUT UN ÉTÉ SANS FACEBOOK, Le Dilettante, 2017. Le Livre de Poche, 2019.

LES NOUVELLES AVENTURES DU FAKIR AU PAYS D'IKEA, Le Dilettante, 2018.

UN DÉTECTIVE TRÈS TRÈS TRÈS SPÉCIAL, La Joie de lire, 2017. Le Livre de Poche, 2019.

LA POLICE DES FLEURS, DES ARBRES ET DES FORÊTS, Albin Michel, 2019.

Composition : IGS-CP
Impression : CPI Bussière en septembre 2020
Éditions Albin Michel
22, rue Huyghens, 75014 Paris
www.albin-michel.fr
ISBN : 978-2-226-45417-1
N° d'édition : 24147/01 – N° d'impression : 2051996
Dépôt légal : octobre 2020
Imprimé en France